빙하 맛의 사과

요헨자의 조시

빙하 맛의 사과

최상희 지음

해변에서랄랄라

prologue

스마트폰도 없고, 해외 로밍도 안 하고, 구글맵도 번역기도 없이 여행서와 지도를 들고 떠나곤 했다. 까마득한 옛 이야기처럼 신비롭고 이해되지 않는 방식으로 여행하던 시절이 있었다. 그리 오래 전 일은 아니다.

휴대폰이 울리지 않는 곳으로 가고 싶다는 생각 하나로 떠난 여행도 있었다. 도망 비슷한 기분이었다. 휴대폰 없는 여행을 상상할 수 없는 요즘에는 전설 같은 이야기다. 얼마나 멀리 가야 완전히 떠날 수 있을까. 그럴 수 없다는 걸 알면서도, 꿈꾸곤 했다.

지도와 메모한 주소만으로 길을 찾았다. 찾았다기보다는 헤맸다고 하는 편이 맞을 것이다. 덕분에 낯선 이들과 눈을 맞추고 이야기를 나누는 일이 많았다. 작은 친절과 호의, 그런 것들을 골목 모퉁이에서 만났다. 여행의 기억은 작은 것에 머무르는 때가 많다.

정작 찾던 장소는 가지 못하고 우연히 마주친 곳에서 시간을 보낸 일이 빈번했다. 그것도 나쁘지 않았다. 한눈팔기라면 자신 있는 편이다.

대륙을 잇는 기차를 타고 밤의 국경을 건너고 아침에만 잠깐 열리는 국경을 걸어서 넘었다. 비행기를 타고 날짜 변경선을 넘기도 했다. 시간과 공간을 훌쩍 건너, 그곳에 있는 무언가를 만나러 간다. 푸른 새벽빛이 스며드는 낯선 거리에 도착해 뜨거운 커피 한 잔, 혹은 운이 좋다면 일찍 문을 연 식당에서 달걀을 곁들인 토스트를 먹었다. 굳은 근육이 조금씩 풀어지고 신선한 공기가 천천히 내 안을 드나들었다. 아직 어둑한 창 위에 어렴풋이 비친 여행자의 얼굴. 내 하루하루에는 없는 얼굴을 만나러 떠나는지도 모른다.

오직 떠나고 싶다는 마음 하나로, 떠난다.
우선은 아침을 든든히 먹고.

contents

008   Lost&Found 볼로냐

020   프레고, 프레고 포지타노

050   뒤섞인 기억 베니스

066   초승달의 크루아상, 두 개의 방 피렌체

080   떠나간 고양이들의 방 니스

108   팬케이크의 부엌 엑상 프로방스

120   할아버지의 커피 아비뇽

128   마카롱의 아침 파리

146   그것은 마법의 순간 볼리비아

166   주저하는 토스트 인도

190   바다 위의 식탁 발틱해

198   사우나의 밤, 무민의 아침 헬싱키

210   빙하 맛의 사과 노르웨이

222   시나몬 시리얼과 바닐라 요거트 스웨덴

Lost&Found

Lost&Found

—

볼로냐

bologna

호텔에 도착한 건 늦은 밤이었다. 공항에서 짐이 나오지 않아 Lost&Found 오피스에서 한참 시간을 보냈기 때문이다.

사라진 건 동생의 가방이었다. 공항에서 짐이 나오지 않은 건 처음이라 몹시 당황했다. 내 짐을 분실했다면 "괜찮아, 찾을 수 있을 거야! 하하하!" 하고 허세라도 부려보겠지만 동생 가방이니 그럴 수도 없었다(거짓말이다. 나는 쫄보인데다 쓸데없이 표정만 정직해서 뭘 숨기지도 못한다). 텅 빈 채로 빙빙 돌아가는 컨베이어벨트를 망연자실한 채 바라보고만 있었다. 달팽이가 굴러가는 듯한 발음으로 영어를 구사하는 오피스의 직원은 이탈리아인 특유의 제스처인 '어깨 으쓱'을 연방 해보일 뿐이었다. 다행히 가방은 찾았지만 택시에 올라탔을 때 이미 몸과 마음은 만신창이가 되어 있었다. 택시는 가로등도 없는 길을 끝없이 달렸다. 택시가 가고 있는 곳이 어쩌면 세상의 끝이 아닐까. 그래도 상관없다는 생각이 들었다. 차창 밖으로 벌판이라고 짐작되는 두터운 어둠이 이어졌다.

볼로냐는 내 지도 상에 없는 도시였다. 내 관심 밖의 도시였다는 얘기다. 볼로네제 파스타와 움베르토 에코, 긴 회랑의 도시. 그 정도가 내가 아는 볼로냐의 전부였다. '국제아동도서전'이라는 큰 행사가 열린다는 건 처음 알았다. 그렇다. 나는 볼로냐에 국제아동도서전을 보기 위해 간 것이다. 그때 나는 한 출판사의 청소년소

설 공모전에 당선되어 드디어 작가가 되었다는 기쁨에 미쳐 있었
는데 거기다 부상으로 볼로냐아동도서전 견학 기회까지 주어져 정
말 미친 사람처럼 노상 실실대고 있었다. 출판사에서 여행 경비를
상당히 넉넉히 지급해주었기에(감사합니다!) 이왕 간 김에 이탈리
아 여기저기를 여행하기로 마음먹었다. 마음은 먹었지만 늘 그렇
듯 몸은 마음에 반해서 늑장을 부리다 여행 날짜가 닥쳐서야 숙
소 예약을 시작했다.

무지와 게으름. 그 둘은 내 평생의 적이자 동반자다. 둘과 헤어지려
고 부단히 결심하지만 이미 한몸이나 마찬가지다. 무지와 게으름
이 낳는 크고 작은 비극 속에서 허우적대지만 조금도 개선의 기미
는 보이지 않고 커지는 것은 괴로움과 자책뿐이다. 숙소 예약 사이
트를 들락거리며 나는 내 무지와 게으름의 결과와 마주하고 있었
다. 도서전을 앞두고 볼로냐 시내의 호텔 가격은 천정부지로 치솟
아 있었고 그나마 빈 객실도 거의 없었다. 도서전이 그렇게 굉장한
행사인 것을 미처 몰랐다. 무려 '국제' 라는 단어가 붙어있는 행사
였는데도 전혀 눈치채지 못한 무지와 게으름의 소치에 눈물 흘리
며 후회해봐야 소용없는 일이었다.

택시는 한 번 멈추지도 않고 달렸다. 길을 밝히는 것은 택시의 전조등뿐이었다. '시내와 근접한 위치'라는 호텔 정보는 시내에서 꽤 먼 거리라는 뜻임을 뒤늦게 깨달았다. 그건 이탈리아뿐 아니라 전 세계 공용 표현이었다. 어쩌면 무뚝뚝한 택시 기사는 마피아의 하수인이고 우리는 어딘가로 끌려가 겨우 찾은 가방이며 부실한 장기까지 탈탈 털리는 게 아닐까 하고 공포에 사로잡혀 진땀 흘리는 순간, 택시가 멈췄다. 어둠 속에 희미한 불빛을 밝힌 건물이 서 있었다. 예약한 호텔의 이름이 적힌 간판이 보였다.

호텔 방은 내가 예약한 방이 맞나 의심스러울 정도였다. 깨끗한 침구를 갖춘 널찍한 침대와 나쁘지 않은 취향의 인테리어, 햇살이 잘 드는 너른 창과 쾌적한 욕실. 내가 호텔 예약 사이트에서 봤던 사진 어디와도 닮지 않은 방이었다. 공항에서의 충격이 채 가시기도 전에 호텔 방의 배신으로 더해진 절망에 내가 할 수 있는 건 동생의 눈을 피해 침묵하는 것뿐이었다. 그러다 생각났다. 우리는 하루 종일 거의 아무것도 먹지 못한 상태였다. 식당에 내려가 뭘 좀 먹자고 했지만 동생은 피로한 얼굴로 고개를 가로저었다.

복도는 길었다. 복도를 따라 일정한 간격으로 서있는 굳게 닫힌 문 밖으로는 아무 소리도 들려오지 않았다. 희붐한 조명 아래 빛바랜 붉은 카펫이 무거운 침묵마저 흡수했다. 아래층으로 내려가니 어디선가 떠들썩한 소리가 들려왔다. 피로와 졸음에 반쯤은 꿈을 꾸듯이 소리를 따라 가봤더니 식당이었다. 샹들리에 불빛이 노랗게 퍼져있는 식당은 잘 차려입은 사람들로 가득 차서 파티라도 열린 것처럼 흥성거렸다. 저녁을 먹기에는 꽤 늦은 밤이었고 내 체감 상으로는 이미 깊은 새벽이었다. 스산한 위층 객실 복도와 너무 다른 풍경, 소란과 온기에 나는 적잖이 놀랐다.

이들은 다 어디에서 왔단 말인가. 그 순간 나는 어두운 들판 너머 사이프러스 나무 아래 봉긋한 무덤에서 빠져나와 오래된 호텔을 향해 휘적휘적 걸어오는 검은 그림자들을 떠올렸다. 싱거운 망상일 뿐이다. 식당은 너무 환하고 사람들은 몹시 활기차다. 그들만의 파티에 흠뻑 빠져서 아무도 내가 들어선 것을 눈치 채지 못하고 눈길도 주지 않았다. 나는 투명인간이 되어 연회장에서 빠져나와 아무도 없는 로비의 바에서 휴대폰을 들여다보고 있던 직원에게 샌드위치와 커피를 주문했다. 다행히 직원에게는 내 모습이 보이는 모양이었다. 주문한 음식을 방으로 가져가도 되냐고 물으니 직원은 왜 안 되겠냐며 눈을 찡긋거리며 은쟁반에 담아주었다. 방으로 돌아오니 동생은 잠들어 있었다.

창가에 늘어져 있는 커튼을 걷고 창밖을 내다보았다. 검은 창에 희미하게 사람의 형체가 어른거렸다. 하루 만에 십 년은 늙어버린 것 같은 내 얼굴이 비쳐 있었다. 막막한 어둠과 마주하고 커피를 천천히 마셨다. 커피는 식어서 미지근해져 있었다. 쓰고 다른 것은 아무것도 생각나지 않는 커피였다. 지독한 피로가 몰려왔다.

다음 날 아침, 친근만근인 몸을 억지로 일으켰다. 자꾸만 내려앉는 눈꺼풀을 힘겹게 밀어 올리며 아래층 식당으로 내려갔다. 조식을 제공한다고 했으니 조식 비슷한 것이라도 내놓겠지. 아니면 간밤에 눈을 찡긋찡긋하던 직원에게 구정물이라도 좋으니 뭘 좀 내놓으라고 할 작정이었다. 식당은 간밤의 흥성거리던 파티의 자취는 흔적도 없고 말간 햇살이 가볍게 떠돌고 있었다. 투숙객 몇이 접시를 들고 빵과 과일이 쌓인 테이블 앞에서 신중히 아침거리를 고르고 있고 하얀 앞치마를 입은 직원이 주전자를 들고 테이블 사이를 오갔다. 신선한 냄새가 풍겨왔다. 눈이 번쩍 뜨였다. 커피 냄새였다.

쉿쉿, 경쾌한 소리를 내는 에스프레소머신에서 커피를 한 잔 내렸다. 한 모금 마시자 뜨겁고 진한 액체가 목구멍을 타고 내려가는 것이 생생히 느껴졌다. 정신이 반짝 날 만큼 굉장했다.

호텔 조식 식당 에스프레소머신으로 내가 얼렁뚱땅 내린 커피가 이렇게 맛있을 리가 없잖아. 이런저런 충격과 피로로 제 정신이 아닌 것 같았다. 다시 에스프레소를 내렸다. 이번에는 다소 신중하게 한 모금 마신다. 좋은 커피였다. 세상이 바뀌어 보일 정도로 근사했다. 피로와 절망은 어디론가 사라지고 그 자리에 조금씩 기운이 채워지는 게 느껴졌다. 창밖은 초록 벌판, 그 위로 청량한 하늘이 펼쳐져 있었다. 바삭바삭 부서지는 크루아상을 먹으며 진한 커피를 느긋이 마셨다. 지난밤 모조리 상실했던 것이 슬그머니 돌아오고 있었다. 여행의 설렘과 기대. 뭐, 그런 것들. 제법 부풀어 오르기도 했다.

우리 테이블에는 직원이 치우지 않은 접시와 열세 잔의 에스프레소 잔이 놓여있다. 한 잔 더 마셔도 좋을 것 같다.

근사한 상상력으로 가득 차서 마음이 두근거렸던 국제아동도서전도, 괜찮아 보이는 식당에 들어가 먹었던 볼로네제 파스타도, 길게 이어진 노란색 회랑을 따라 걷는 길도 좋았다. 하지만 볼로냐를 생각하면 먼저 떠오르는 건.

불안하고 막막한 밤을 보내고 맞은 아침, 진하고 뜨겁고 쓰고도 부드러운 열세 잔의 에스프레소.

프레고, 프레고

프레고, 프레고

포지타노
positano

버스가 좌 절벽, 우 낭떠러지를 낀 구불구불한 해안도로를 곡예하듯 달린 지 40여 분. 얼굴이 파랗게 질린 승객들을 향해 운전사가 고개를 돌려 상큼하게 외친다.

"포지타아아노!"

드디어 도착했다.

사람과 짐을 부리고 난 버스가 잽싸게 꽁무니를 빼자 Bar Internazionale라는 매우 인터내셔널한 간판이 보였다. 커피와 간단한 음식을 팔고 버스표와 사탕부터 유통기한 다된, 혹은 넘은 통조림과 변기 청소용 솔, 수 세기 동안 사가는 사람이 없어 골동품으로 거듭난 기념품까지 모든 것이 있는 곳이다. 마을 사람들이 끊임없이 들락거리는 것으로 보아 가게는 최소한 세계는 아니라도 이 도시의 중심지인 게 분명했다.

우선 머리 위에서 이글거리는 태양을 피하고 아무래도 요동치는 버스 속에 흘리고 내린 듯한 정신을 찾기 위해 한 잔의 카푸치노가 절실했다. 저 인터내셔널한 가게라면 내가 피하거나 찾아야 할 것들이 모두 있으리라는 생각이 든다. 아울러 짐작할 수 없는 숙소의 행방도 수소문할 수 있으리라. 하지만 가게 안은 총격전을 앞둔 마피아의 모임처럼 흥분과 수다로 가득차 있어서 내가 주민들 사이를 헤쳐 가게 주인에게 카푸치노 한 잔과 상실한 정신, 숙소 위치 정보 등을 얻어내는 것은 내년 휴가에나 가능한 일로 보였다. 할 수 없이 가게 문 앞에서 발길을 돌린다. 그때 토니가 나타났다.

토니는 내 손에 쥔 종이쪽지를 우아하고도 잽싼 솜씨로 낚아챘다.
예약한 숙소 이름과 주소를 적은 종이는 내가 어찌나 소중하게 간
직하고 왔는지 흥건히 젖어 있었다. 고문서라도 해독하는 얼굴로
얼룩덜룩한 글씨를 들여다보던 토니는 "굿 플레이스"라고 대뜸 칭
찬해 준다. 칭찬에 몹시 약한 나는 춤을 추며 가게 앞에 주차되어
있던 토니의 자동차에 덥석 올라탔다. 토니의 자동차는 노란 택시
였다. 이제 토니가 굿 플레이스인 내 숙소로 데려다 줄 거라 생각
하니 마음이 푹 놓였다. 그런데 토니의 표정이 퍽 당황한 눈치다.
예약된 차냐고 내가 묻자 토니는 고개를 젓더니 상쾌하게 웃는다.
이내 택시는 달리기 시작한다.

토오니도, 타아니도 아닌, 토니는 내 영어실력이 일취월장한 줄 착
각하게 만드는 아주 정직한 발음으로 내게 말을 건넨다. 토니는 작
은 해안 마을, 암벽 위에 지어진 집에서 태어나 평생 떠나 본 적

없는 포지타노 토박이라고 자신을 소개했다. 피자 위에 올린 쫀득한 치즈처럼 붙임성 있는 말투로 토니는 내 이름과 국적, 일정 등을 조곤조곤 묻는다. 다음 여행지는 니스라는 내 말에 토니는 그럼 나폴리 공항에서 비행기를 타겠군, 하고 족집게처럼 딱 맞춘다. 그러더니 내게 나폴리 공항까지 가는 가장 빠르고 안전한 방법을 아느냐고 묻는다. 대답을 기다리지도 않고 "토니 택시" 라고 말하고 토니는 싱긋, 웃었다. 비용은 140유로. 그러더니 잠시 후에 130유로까지도 가능하다고 덧붙인다. 이번에는 티라미수같이 부드러운 목소리다. 최근 내린 내 결심을 토니는 모른다. 토니, 디저트는 당분간 사절이야. 이탈리아에서 매일 쓰리코스로 먹느라 살이 쪘거든. 대답 대신 슬픈 표정으로 창밖만 내다보는 내 얼굴을 토니가 힐긋 보더니 말한다.

"프레고, 프레고."

신비로운 말이 해저의 바닥을 두드리듯 울려 퍼졌다. 마법사 스승님의 신비한 주문을 이해하지 못하는 아둔한 제자처럼 나는 혼란스러워진다. 이탈리아에 도착하자마자 가장 많이 들었던 '프레고'란 단어가, 나는 정말 궁금하다.

갑자기 토니가 차를 멈췄다. 신호에 걸렸나 하고 나는 차창 밖을 내다본다. 하지만 신호등도, 횡단보도도 이 도시에는 없다. 토니는 다 왔다고 말한다. 정확히 말하면 거의 다 왔다. 계단을 백 개쯤 내려가면 내가 예약한 숙소가 나온다고 했다. 물론 택시는 계단을 내려가지 못하므로 나는 여기서 내려야만 한다. 내가 택시에 올라탔을 때 토니가 왜 흠칫, 하는 표정을 지었는지 알았다. 30초밖에 안 걸리는 거리를 달려 무려 15유로라는 요금을 청구하게 될 것을 토니는 알고 있었고 몸 속 저 깊은 곳에 있는 콩알만 한 것, 그러니까 양심이라는 것이 찔렸기 때문이었다. 30초를 달리고 2만 원이 넘

는 돈을 지불해야 한다. 별 수 없다. 나는 여행자이기 때문이다. 때로 여행자는 '봉'이라는 이름으로 불러도 무방하다.

"저기 초록색 지붕 집 보이지?"

토니가 차 트렁크에서 내 가방을 내린 뒤 손을 들어 가리킨다. 토니의 손가락이 향한 곳에는 장엄한 라타리 산맥에서 뻗어 나온 언덕배기를 타고 오른 집들이 보였다. 햇살과 바람에 바랜 무어식 건물들은 신들의 젠가 게임처럼 스릴 넘칠 정도로 정교하게 쌓여 있었다. 빽빽이 들어서 있는 집들 중에서 희한하게도 초록색 지붕은 대번에 눈에 뜬다.

"우리 집이야. 무슨 일 생기면 저 집으로 와. 혹시 내가 없으면 우리 엄마한테 토니 친구라고 해. 알았지?"

토니가 한쪽 눈을 찡긋해 보인다. 포지타노에 온 지 1분도 안 돼서 친구가 생겼다. 돈으로 산 친구라 찜찜한 기분이 들기는 했지만 어쨌든 친구가 생긴 것이다. 토니는 내 손에 명함을 살포시 쥐어주고 언제나 네 곁에 친구, 토니 택시가 있다는 걸 잊지 말라고 했다. 그리고 친구, 토니 택시는 기꺼이 나폴리 공항까지 갈 수 있다고 다시 일깨워준다. 어디로 통할지 모를 계단을 가리키며 조심히 내려가라고 토니는 말한다. 휴가 즐겁게 보내! 토니가 손까지 팔랑거렸다. 나는 달리 할 말을 찾지 못해 맘에도 없는 소리를 하고 만다. 고마워. 토니가 활짝 웃으며 대답한다. 프레고, 프레고.

캐리어를 끌고 좁고 가파른 계단을 내려가는 동안 점점 토니가 고마워진다. 계단은 백여 개가 아니라 천여 개도 넘어 보인다. 내가 미리 슬퍼하거나 노여워하지 않도록 토니는 계단 개수를 십분의 일로 축소하는 기지를 발휘한 것이다. 인내심을 시험하는 계단은 아치형의 터널로 이어지고 차분한 그늘을 빠져나오자 강렬한 태양이 아직 감동할 준비도 안 되어 있는 나를 향해 맹렬하게 달려들었다. 바다를 그려 넣은 마욜리카 타일이 문패를 대신한 하얀 집을 발견했다. 땀에 푹 젖은 종이를 조심스럽게 펴서 타일에 적힌 글씨와 대조해본다. 드디어 숙소를 찾았다. 초인종을 누르니 불타는 태양 같은 머리의 소녀가 문을 활짝 열어준다. 다소 호들갑스러운 본 조르노와 챠오가 오간다. 며칠 동안 묵게 될 내 방은 203호다.

방문을 여니 바로 바다가 보인다. 바다는 푸르고 눈부시다. 지중해다. 아아, 드디어 왔구나. 나는 감격에 겨워 침대 위에 풀썩 드러눕는다. 바삭거리는 시트에서 햇살 냄새가 났다. 바다 냄새가 나는 것도 같다. 서늘한 그늘이 베개 위로 드리워져 있다. 나는 머리는 그늘 속으로 두고, 다리는 볕을 향해 둔다. 제일 좋아하는 시간이 내 몸 위에 내려 앉아 있다.

내가 하루 중 제일 좋아하는 시간은 경계의 시간이다. 하루의 마지막 빛이 막 사라지고 어둠이 찾아드는 시간, 그리고 어둠이 다시 떠오르는 태양에 자리를 내주고 물러나는 순간. 명확하게 색의 변화로 시간이 나뉘는 순간이 견딜 수 없이 좋다. 문득 글자가 어룽어룽해지는 것을 느끼고 책에서 고개를 들면 집 안은 푸르스름한 빛으로 가득차 있고 이내 어둠이 스며든다. 나는 공연히 설레어서 노트에 뭔가 끼적이거나 노트북 자판을 두드린다. 옆집에서 흘러드는 김치찌개 냄새도 가시고 윗집에서 물 쓰는 소리 같은 것도 멈춘, 모든 것이 잠든 한밤중에 홀로 깨어 있다는 것, 그게 좋아 공연히 냉장고 문을 열어보기도 하고 식탁에 난 흠집이 갑자기 눈에 띄어 메워보려 애쓰기도 하고, 선반에 올려둔 유리병들을 꺼내 먼지를 닦기도 한다. 그러다 문득 집 안이 노란 빛으로 물든 것을 알아챈다. 하루가 저물 때와 비슷한 색으로 다시 하루가 시작되고 있다. 이제 잘 시간이구나, 하며 밀려드는 졸음에 기꺼이 항복하면서도 한편 조금 아쉬워진다. 몇 시간 뒤 일어나 내가 밤새 지은 이야기를 읽어보고 이건 못 쓰겠구나, 하며 지운다. 나는 다시 하루의 시간이 색으로 변하는 순간을 기다린다.

알람이 울리지 않았는데도 눈이 떠졌다. 아직 아무도 쓰지 않은 햇살이 방 안을 가득 메우고 있었다. 한국이라면 냉장고 문을 열거나 유리병을 닦을 시간이고 이곳의 시간으로 따지면 잠자리에 들 시간에 깨어난 것이다. 이런 시간에 한 번도 예상치 못한 손님이 찾아온다. 무서울 정도의 허기다. 전날 빨간 머리 소녀가 가르쳐줬던 식당으로 내려갔다. 나는 숙소에서 가장 먼저 아침을 먹는 부지런한 여행자가 된다.

빨간 머리의 소녀는 보이지 않고 바닥을 닦던 할아버지가 본 조르노, 하고 인사를 건넨다. 나는 요즘 통 쓸 일이 없었던 근육을 씰룩 움직여 미소로 답한다. 큼직한 크루아상과 갓 끓인 커피를 담

은 주전자가 내 앞에 놓인다. 저절로 음, 하는 소리가 나올 만큼 커피는 뜨겁고 맛있다. 진한 커피가 몸속을 타고 흐르자 쓰지 않던 근육들이 하나둘 살아나기 시작한다. 아침 일찍 눈을 뜨고, 부지런히 샤워를 하고, 낯선 사람과 인사를 나누고, 남이 차려준 아침을 먹고 오늘도 끝내주는 날씨군, 하며 식당 안에 가득 퍼진 레몬 빛 햇살과 신선한 바람에 감동한다. 여행의 근육이 서서히 움직이고 있다. 저녁과 새벽 사이, 홀로 밤을 보내는데 익숙해져 있던 근육들이 달그락, 달그락 움직이기 시작하고 기분이 간질간질해진다. 커피를 더 마실 수 있겠냐고 묻자 할아버지는 프레고, 프레고 하며 다시 한가득 주전자를 채워준다. 프레고의 아침이 시작된다.

스피아지아 그란데는 도시에서 가장 큰 해변이다. 무어식 건물과 성당, 원색의 미욜리카 타일로 만든 기념품, 갓 잡은 해산물로 만든 요리와 새콤한 레몬소르베가 유명한 이 도시에서 나는 다른 무엇보다 지중해를 먼저 보자고 마음먹는다. 아침을 먹고 지중해를 찾아 나선다니, 제법 낭만적이라는 기분이 든다.

바다를 끼고 깎아지른 듯한 암석 위에 지어진 도시는 구불구불한 길과 가파른 계단으로 이어져 있다. 내 방 발코니에서 손에 잡힐 듯 보이던 푸른 바다가 좁은 골목길을 따라 걷는 동안 신기루처럼 사라진다. 아래로, 아래로 내려가면 바다겠지, 하고 한참을 걷고 나니 나는 광장에 와있다. 광장 초입에 Bar Internazionale를 복제한 것 같은 가게가 서있다. 마을 사람들이 분주히 드나드는 것마저 똑같지만 분명 다른 가게다. 미로 찾기에 지친 나는 가게에 들어가 카푸치노도 한잔 하고 스피아지아 그란데의 행방을 묻기로 한다. 하지만 내 차례가 오려면 내후년 휴가에나 가능할 것 같았다. 그때 토니가 나타났다.

과연 그 토니가 맞는지 얼떨떨했지만 이 도시에서 초이, 하고 내 이름을 반갑게 부를 토니는 초록 지붕 집에 사는 친구 토니 말고 또 누가 있겠는가. 바다로 안 가고 뭘 하고 있느냐고 토니가 내게 묻는다. 가는 중이라고 대답했더니 토니는 그럴 줄 알았다는 듯이 프레고, 프레고 한다. 이쪽이지? 하고 알고 있지만 다시 확인한다는 듯, 내가 묻자 토니는 또 프레고, 프레고 한다. 프레고, 프레고가 가리키는 방향으로 한참을 걸어 드디어 나는 지중해에 발을 담근다. 마약 가루 같은 햇살이 하얗게 부서지고 민트 빛 파도가 지치지도 않고 밀려온다. 멀리 수평선 위에 유람선이 작게 보인다. 내일은 저 배를 타고 지중해를 건너 아름답다고 소문난 섬에 가야지, 하고 생각한다.

다음 날, 카프리로 향하는 첫 배를 타기 위해 다시 해변으로 갔다. 매표창구는 굳게 닫혀 있었다. 매표소 앞에서 동네 청년들 몇이 서로 주먹질 중이었다. 잠시 후 싸움이 아니라 단지 격정적인 제스처를 곁들인 담소 중이라는 걸 깨닫는다. 아아, 열정적인 지오바니들이여.

애잔한 눈빛으로 바다를 바라보고 있는 내게 한 청년이 오늘은 배가 뜨지 않는다고 알려준다. 배드 웨더, 하고 바다를 손가락으로 가리키더니 양 손을 옆으로 벌리고 어깨를 으쓱한다. 내 눈에 바다는 괜찮아 보인다. 하지만 배가 뜨기에는 괜찮지 않을지도 모른다. 실망하기는 했지만 절망적이지는 않다. 나는 이 도시에 며칠 더 묵을 예정이다. 배드 웨더인 날이 있으면 굿 웨더인 날도 있을 것이다. 대신 이웃 마을에 가보기로 한다.

이웃 마을로 가는 버스는 Bar Internazionale 앞에 선다. 매우 인터내셔널한 가게니 당연하다. 물론 버스표도 가게에서 사야 한다. 마피아 둘과 대부 하나, 똘마니 셋을 뚫고 가까스로 버스표를 사서 가게를 나오자 토니가 나타났다. 같은 토니인가 의아했지만 초이, 라고 반갑게 부르는 걸 보니 친구 토니가 맞다. 토니는 떠나는 거냐고 묻는다. 잠시 이웃 도시, 아트라니에 다녀올 거라고 대답하니 토니가 거긴 왜, 볼 것도 없는데, 하며 카프리에 가봤냐고 묻는다. 날씨 때문에 배가 뜨지 않는다고 했더니 토니가 말한다.

"프레고, 프레고, 내일은 배가 뜰 거야."

아트라니는 관광객은 거의 들르지 않은 작은 동네다. 아말피의 해변에 살짝 숨어 있는 듯한 이 수줍고 조용한 동네가 나는 단박에 마음에 들었다.

마을의 작은 광장에는 레스토랑과 카페, 젤라또 가게, 이발소가 하나씩, 경쟁 같은 것은 할 필요도 없이 사이좋게 들어서 있고 완만한 비탈길을 따라 청량한 햇살에 빨래를 내걸어 말리고 있는 소박하고 예쁜 집들이 산까지 이어진다. 관광객이 드문 이 동네에 동양 여자가 나타난 것은 조금은 대단한 사건이었는지 내가 지날 때마다 이층 창문이 열리며 사람들이 흥미로운 얼굴로 내려다본다. 길에서 마주치는 주민들은 작게 미소를 지으며 챠오, 라고 인사를 건네고 갈색 눈이 아주 예쁜 여자 아이는 내 뒤를 졸졸 따라오다 내가 뒤돌아보면 생긋 웃고 저만치 달려갔다가 다시 뒤따라왔다. 동네를 한 바퀴 다 도는 데는 한 시간도 채 걸리지 않았다. 다정한 이 동네가 마음에 들어 나는 좀더 머무르고 싶다. 마침 배가 고프기도 했다.

마을의 유일한 식당 야외 테이블에 앉는다. 나는 식당의 유일한 손님이 된다. 서글서글한 눈매의 웨이터가 내 테이블에 깨끗한 천을 깔아준다. 잘 생긴 남자다. 하도 토니를 자주 보다 보니 내게 이탈리아 남자를 가늠하는 기준은 토니였다. 웨이터는 토니보다 잘 생겼다. 이탈리아 최고 미남자에서 이제 막 이인자로 내려선 것을 토니는 꿈에도 모를 것이다.

해물파스타와 생선 튀김을 주문하고 맥주도 한 잔 시킨다. 서글서글하게 웃으며 웨이터가 프레고, 프레고 한다. 내가 멸치 튀김을 좀 더 실감나게 카메라에 담으려는 쓸모없는 노력을 장시간 하는 것을 모르는 척해주다가 슬쩍 다가와 내 모습을 찍어 주겠다고 한다. 나는 괜찮다고 하는데 웨이터는 프레고, 프레고 한다. 나는 프레고, 프레고에 굴복하고 카메라를 향해 미소를 띠고 브이 자를 그려 보인다. 이탈리아 최고 미남자가 셔터를 누른 후 내게 활짝 웃어준다.

다음 날도, 또 다음 날도 카프리로 가는 배는 뜨지 않는다. 나는
이웃 마을로 놀러가는 것도 더는 하지 않고 바닷가에 앉아 있다가
지중해가 레몬 빛으로 물드는 것을 바라본다. 그러고 나면 좁은 골
목길을 지나 계단을 수천 개 올라 가장 전망이 좋을 것 같은 카페
를 찾는다. 하지만 아무 짝에도 쓸모없는 짓이다. 이곳은 전망 좋
지 않은 카페가 없다. 나는 아무 곳이나 골라잡고 카푸치노를 시
킨다. 어느 집이나 기막히도록 맛있는 카푸치노가 나온다. 카페 주
인은 너, 아직도 안 갔구나, 하는 미소를 지으며 특별히 차가운 물
한 잔도 덤으로 준다. 슈퍼마켓 주인은 작은 물병을 집어 드는 내
게 큰 병이 좀더 싸다고 권하며 어제 네가 사간 오렌지는 사실 별
로였는데 오늘 들어온 건 끝내준다고 귀띔해준다.

토니가 택시를 멈추고 초이, 하고 인사한다. 나는 오늘도 배가 뜨
지 않았다고 말한다. 토니는 프레고, 프레고, 내일은 배가 뜰 거야,
하고 웃는다. 나는 이제 한층 부드러워진 근육을 이용해 토니를 향
해 활짝 웃어준다. 아무렴 어때, 눈앞에 이렇게 아름다운 바다가
펼쳐져 있고 바다가 시간의 빛으로 물들어가는 것을 매일매일 볼
수 있는데. 나는 다른 근육을 이용해 그렇게 말할 수 있게 됐다.

포지타노를 떠나는 날, 나는 도착했던 곳과 같은 곳에 선다. Bar
Internazionale는 오늘도 마을 주민들로 가득 차 있다. 나는 사람
들 사이를 물뱀처럼 매끄럽게 통과해 버스표를 샀다. 버스 정류장
에 서있는데 내 앞에 토니의 택시가 선다.

"떠나는 거야?"

나는 그렇다고 대답한다. 나폴리 공항까지 가장 빠르고 안전하게
데려다주는 토니 택시를 타라고 할까봐 나는 겁이 난다. 120유로
까지도 가능하다고 하면 어쩌나, 고민된다.

토니가 묻는다.

"재밌었어?"

나는 고개를 끄덕인다. 토니는 다행이라는 듯, 활짝 웃는다.

불쑥, 나는 말하고 만다. 고마워.

토니가 대답한다.

"프레고, 프레고."

아직도 나는 명확한 뜻을 모른다. 하지만 그 뜻을 모르더라도 프레고, 프레고 하다고 생각한다. 등 뒤로 하늘이 붉게 물들고 있다. 레몬 같은 태양이 이제 막 푸른 지중해 속으로 들어가고 있다. 시간의 경계의 순간에 나는 돌아간다. 프레고, 프레고한 여행이었다고 나는 작게 중얼거린다.

아시시의 기차역 구석에는 담배와 사탕 등을 파는 작은 매점이 있는데 가게 한쪽에 에스프레소머신을 두고 커피도 팔았다. 별 기대 않고 주문했다가 어이쿠야, 역시 이탈리아구나 하고 감동했다. 이탈리아인들은 커피만큼은 자부심을 가질 만하다. 물론 커피 말고도 자부심 가지는 것들이 많겠지만.

아시시는 골목 구석구석 아름다운 도시였다. 요새가 있는 언덕 위에 올라 아래를 내려다보자 사이프러스와 올리브나무 사이로 볕에 하얗게 바랜 단정한 지붕과 너른 초록 벌판이 펼쳐졌다. 이 세상 것이 아닌 듯한 햇살이 부시게 빛났다.

뒤섞인 기억

뒤섞인 기억

—

베니스
venice

베니스는 두 번째였다. 처음 갔을 때는 하루하고 반나절 머물렀을
뿐이라 스윽 지나간 느낌이었다. 다시 가서 구석구석 둘러보고 싶
다는 생각이 들었다. 아름다운 곳이었다고 기억하고 있었다. 다른
기억도 있다.

처음 베니스에 간 건 오래 전이었다. 그즈음에는 여행을 자주 다녔다. 잡지사에 다니고 있었는데 지옥 같은 야근 끝에 마감을 하고 나면 진절머리 내며 복수라도 하듯 비행기를 타고 떠나곤 했다. 무엇에 대한 복수인지는 명확치 않았다.

주로 혼자 여행했고 여행 경비를 아끼느라 유스호스텔을 자주 이용했다. 베니스에서도 유스호스텔에 묵었다. 숙소는 본섬에서 바포레토를 타고 한참 가는 작은 섬에 있었다. 삐걱거리는 이층 철제 침대가 놓여 있는 방, 공동 주방과 코인세탁기, 낡은 소파가 놓인 거실, 친절하지도 불친절하지도 않은 직원. 유스호스텔의 전형이라고 할 만한 곳이었다. 나가면 바로 바다가 보이는 것은 좋았다.

저녁을 먹고 커피를 내려 거실에 앉았다. 소파는 낡았지만 잘 길들여져 제법 편안했다. 너른 창 너머로 간혹 불빛이 깜박거리는 검은 밤바다가 내다보였다. 하나둘 사람들이 소파에 자리를 잡고 앉았고 가벼운 인사가 오갔다. 맥주를 마시는 이도 있고 기타 줄을 고르는 이도 있었다. 그동안 다닌 곳과 앞으로 갈 곳에 대한 정보를 교환하기도 했다. 얼떨결에 영국에서 온 남자와 스페인 여자 사이에 끼어 대화를 나누게 되었는데(내가 가운데에 앉아 있어서 불가피했다) 듣자 하니 영국 남자는 자신의 나라 라디오 방송국에 대한 신랄한 비판 중이었고 스페인 여자는 내 귀에는 부르르쉿이라고 들리는 욕을 연방 날리며 맞장구쳐주었다. 나는 점점 더 과묵해져 식은 커피를 홀짝이며 어두운 밤바다를 서글픈 눈으로 바라보았다. 우아한 영국 영어와 상큼한 스페인 억양의 영어 사이에 끼어들 틈은 없었다. 게다가 부르르쉿, 나는 영국의 라디오 방송에 대해서는 소똥만큼도 아는 게 없었다. 나는 말이 없고 신비로운 동양 여성이 되어 조용히 거실을 떠나 삐걱거리는 이층 침대로 기어 올라가 1유로 주고 빌린 시트를 뒤집어쓰고 잠을 청했다.

바다에서 몰려온 자욱한 안개로 덮인 아침, 일찍 체크아웃을 했다. 친절하지도 불친절하지도 않은 간밤의 직원에게 락커 열쇠를 돌려주고 내가 가려는 곳의 바포레토 노선을 확인 차 묻자 직원은 지도 한 장을 꺼내 설명해주었다. 그리고 묻지도 않았는데 꼭 가봐야 할 곳과 좋은 식당을 일러주며 지도 위에 표시해주었다. 고맙다고 말하자 직원은 씩 웃으며 손을 내밀었다. 작별의 악수라고 여기고 내가 그의 손을 잡자 갑자기 그가 내 뺨에 입을 맞췄다. 순식간의 일이었다.

나는 몸이 굳어버렸고 그는 친절하지도 불친절하지도 않은 직원으로 돌아갔다. 너무 얼떨결에 당한 일이라 내가 할 수 있는 거라곤 그 자리를 황급히 떠나는 것뿐이었다. 바포레토를 타고 안개 속을 달리는 내내 생각은 하나였다. 그게 뭐였지? 인사로 하는 가벼운 입맞춤이 아닌 건 분명했다. 불쾌하고 찜찜했고 점점 더 부아가 났다. 아무것도 하지 못하고 어영부영 도망친 게 가장 화가 났다.

여행은 불편하다. 익숙하고 편한 내 집 떠나 낯설고 때론 말도 잘 통하지 않는 곳에서 불편한 것은 당연하다. 하지만 때론 불편이 아니라 불쾌를 경험할 때가 있다. 은근하거나 노골적인 인종차별, 여자라면 여기에 성희롱과 추행이 추가된다. 당한 적 없다면 운이 좋은 것이다. 어쩌면 눈치 채지 못했을 뿐일지도 모른다. 성희롱이 심한 나라도 있고 거의 없는 나라도 있었다. 이탈리아의 경우, 알쏭달쏭했다. 이게 성희롱인지, 아니면 과한 친절인지, 아니면 여자 혼자 있는 꼴은 두고 볼 수 없는 이탈리아 남자들의 불타는 사명감인지 헷갈리곤 했다. 하지만 한 가지는 확실하다. 내가 불쾌했다면 그런 거다.

작은 사건으로 기분은 망쳤지만 내 여행까지 망칠 수는 없었다. 게다가 다음 목적지로 가기 위해 예매해둔 기차 시간이 한참 남아있었다. 어쨌든 한 나절 베니스에 머물러야 하는 것이다. 본섬에 도착해서 목적지를 찾아 걷기 시작했다. 본능의 방향이 가리키는 곳으로(그런 건 없다) 두리번거리며 헤매고 있는데 누군가 내게 말을 걸었다. 어디를 찾고 있냐고 물은 이는 페도라를 쓴 양복차림의 노신사였다. 내가 작은 예배당의 이름을 말하자 노신사는 어딘지 잘 알고 있다고 마침 그쪽으로 가는 길이니 바래다주겠다고 했다. 어이구, 또야, 하기에는 노신사는 너무 점잖았다. 게다가 가는 길이라고 하니 뿌리치기에도 애매했다.

별 수 없이 함께 걷기 시작했다. 좁은 골목길을 나란히 걸으며 노신사는 자신은 로마의 대학에서 문학을 가르치다 퇴직해서 고향으로 돌아왔다고 소개한 뒤 저 가게는 유리공예품이 유명하지만 상당히 가격이 비싸고 저 카페는 카푸치노 맛이 그만이고 저 교회는 관광객은 잘 들르지 않지만 역사 깊은 곳이라는 둥, 정확한 발음의 영어로 천천히 설명해주었다. 내가 멈춰 서서 고양이를 구경하거나 빨래가 내걸린 창을 사진 찍으면 함께 멈춰 흐뭇한 웃음을 지으며 기다려주었다. 호기심 넘치는 학생을 바라보는 교수님 같은 표정이었다. 덕분에 흥미로운 이야기들을 많이 들었다. 그 도시 주민이 아니면 알지 못하는 골목골목 숨어있는 작은 전설들. 하지만 내 마음은 못내 불편했다. 마침내 목적지에 도착했다.

예배당 마당에서 고맙다고 인사를 하자 노신사는 밖에서 기다릴 테니 천천히 구경하고 나오라고 했다. 이게 무슨 말인가?

노신사의 말인즉슨 자신은 시간이 아주 많은데다가 이 도시 구석구석까지 잘 알고 길도 훤하니 혹시 괜찮다면 내게 길 안내를 해주고 싶다고 했다. 전혀 괜찮지 않았다. 고맙지만 사양한다는 내 말

에 노신사는 고개를 끄덕였다. 노신사는 무사히 여행을 마치길 빌어주며 주소를 알려주면 엽서를 보내겠다고 했다. 주소쯤이야, 뭐. 잠시 스친 여행자들과 이메일 주소 정도는 흔하게 나누었다. 대부분은 절대 연락하지 않는다는 걸 나는 경험상 잘 알고 있었다. 그건 그냥 언제 밥 한번 먹자, 하는 것과 마찬가지인 여행자들의 의례적인 인사였던 것이다. 설마 진짜 엽서를 보낼라고, 하는 생각으로 대충 적어줬다. 작별 인사를 나누고 노신사와 헤어졌다.

그 뒤로 며칠 더 이탈리아를 여행했다. 여전히 성희롱인가 아닌가 싶은 일들을 겪었고 집시에게 털릴 뻔한 것을 친절한 논나 덕분에 가방을 지킬 수 있었고 그런 와중에도 미켈란젤로의 '천지창조'를 올려다보니 가슴이 벅찼고 카페에 서서 후루룩 마시고 나오는 에스프레소는 맛있었고 다시 올 수 있기를 바라며 트레비호수에 동전도 하나 던져 넣었다.

보름 만에 돌아온 집 앞에는 우편물이 쌓여 있었다. 거의 광고 전단지와 청구서였는데 그 사이에 엽서 한 장이 끼어 있었다. 곤돌라가 떠있는 베니스의 풍경이 찍힌 엽서였다.

두 번째 베니스 여행은 동생과 동행했다. 아름다운 곳이라는 기억이 있었으므로 좋은 것을 함께 보고 싶었다. 호두 껍데기 속의 알맹이처럼 붙어 다녔더니 추행당할 겨를도 없었다. 대신 종종 다퉜다. 오랜 여행으로 쌓인 피로, 궂은 날씨와 긴장. 게다가 나는 무턱대고 골목길을 걸어 나갔고 자꾸 길을 잃었다. 두 번째라고 해도 낯설기는 마찬가지였다. 도시는 미로 같았다.

하루에도 서너 차례 비가 쏟아져서 도시는 늘 축축했고 짙은 안개가 몰려왔다. 아침에 눈을 떠 창을 열면 자욱한 안개가 도시를 덮고 있었다. 바다도, 이웃집도 사라져 아무것도 없었다. 밀도가 촘촘하고 묵직한 존재감을 지닌 안개는 목적을 지니고 살아있는 생물처럼 느껴졌다. 나는 하얀 안개 속으로 손을 내밀어 보았다. 만질 수 있을 것 같았지만 손바닥에 닿은 서늘한 공기가 손가락 사이

로 흩어지고 만다. 출렁이는 파도 소리도 거리의 소음도 안개 속에 지워진다. 그런 날이면 기분도, 도시도 한없이 가라앉는 것 같았다. 거센 비가 내리면 성 마르코 성당 앞 광장은 금세 물에 잠겼다. 광장을 둘러싼 카페의 직원들이 부리나케 뛰어나와 책상처럼 생긴 발판을 이어 길을 만들었다. 모세의 기적처럼 물 가운데로 난 길 위에 올라 관광객들은 좋아라 사진을 찍었다. 그런 것을 바라보며 회랑 지붕 아래에서 비가 그치길 기다렸다. 퍼붓던 비는 거짓말처럼 금세 뚝 그치고 눈부신 태양이 내리쬐었다. 햇빛에 증발된 비와 공기 중의 습기가 서로의 손을 꽉 잡고 부연 장막을 만들어 하얀 레이스 커튼처럼 광장을 덮었다. 광장은 아주 길고 평온한 잠에 빠진 것 같다.

베니스는 점점 가라앉고 있어 언젠가는 완전히 사라질지도 모른다고 한다. 안개 자욱한 섬을 헤매며 나는 문득 떠올렸다. 예전의 그 노신사는 아직 이곳에 살고 있을까.

많이 보는 게 중요하지 않아질 때가 오지.

오래 전, 여행 선배들이 말했다. 그 말은 신묘한 점쟁이의 예언처럼 딱 맞았다.

많이 보는 것보다 좋아하는 것을 시간 들여 천천히 보고 싶다. 먹는 것과 머무는 곳에 좀더 돈을 쓰고 무엇을 보기 위해 조바심 내거나 안달 내지 않고 싶다. 전전긍긍과 근심걱정은 돌아가면 차고 넘치게 할 수 있다. 우선은 아침을 든든히 먹는다.

초승달의 크루아상, 두 개의 방

초승달의 크루아상, 두 개의 방

—

피렌체
firenze

"가장 맛있었던 음식은?"

"피렌체 티본스테이크!"

오랜만에 시원하게 의견이 일치한다. 동생과 심심풀이 삼아 종종 이런 대화를 나누곤 한다. 이른바 '추억 소환' 쯤 된다.

피렌체에 다시 간다면 티본스테이크를 먹기 위해서다. 하지만 우리가 갔던 그 식당을 찾을 자신은 없다. 숙소 근처를 산책하다 골목에 자욱하게 풍기는 고기 냄새를 맡고 홀린 듯 우연히 들어가게 된 식당이기 때문이다. 가이드북에 실린 유서 깊은 식당도 아니고 미슐랭이나 트립어드바이저가 추천한 유명 식당도 아니다. 기억을 더듬어 어찌어찌 찾아갈 수 있다 하더라도 그 식당이 아직 영업을 하고 있을지 모르겠다. 다행히 영업을 계속하고 있다 하더라도 그때의 맛을 느낄 수 있을지도 의문이다. 그때 우리가 느낀 맛은 여러 가지 요인이 합해진 결과였기 때문이다. 미로처럼 복잡한 골목을 상당히 오래 걸은 탓에 피로와 배고픔이 극심했고 티본스테이크 맛집이라고 소문난 식당에는 굳이 찾아가고 싶지 않지만 먹을 수 있는 상황이 되면 먹어보겠다는 소심한 의욕에 맞춤한 곳이었고 막 저녁 영업을 시작한 식당은 한가해서 주문한 음식이 적당한 타이밍에 적절한 온도로 서빙되었고 직원이 무척 상냥했다는 것 등등의 요인. 어쨌든 정말 어마어마하게 맛있었다.

'베키오다리가 한눈에 내려다보이는 테라스에서의 아침식사' 라는 홍보 문구에 홀려 호텔을 예약했다. 묵는 내내 날이 궂어 테라스는 이용할 수 없었고 늑장을 부린 탓에 베키오다리가 보이는 창가 자리는 이미 다 차있었다. 그래도 고개를 살짝 돌리면 다리가 보이긴 했다. 상상보다 강은 작고 물빛이 흐렸다.

우아한 아치형의 복도를 휘감아 난 계단 끝 집에는 쌀레라는 이름
의 검은 고양이가 살았다. 남편의 할머니가 살던 집을 개조해 신혼
때부터 살았다는 안느의 아름다운 아파트에 방 하나를 빌려 묵었
다. 천장이 한쪽만 낮게 기울어진 방 안에는 작고 비밀스러운 문
이 나있었고 그 문을 열자 파란 코끼리와 보라색 머리의 소녀와 하
얀 유니콘과 고깔모자를 쓴 원숭이와 나비넥타이를 한 티라노사
우르스가 작은 침대 위에 조르르 앉아 있었다. 안느의 큰 딸의 비
밀 방이었다. 비밀의 방을 지녔던 소녀는 자라서 이제는 두 아이
의 엄마가 되었다.

고양이가 우아한 몸짓으로 기지개를 하고 창가를 떠나고 나면 풍
경이 우리 몫이 됐다. 창 너머로 오렌지 빛으로 물든 하늘이 보였
다. 커피 잔을 들고 테라스로 나가자 저만치 두오모의 붉은 지붕
이 보였다.

로또에 당첨되면 다른 나라에 가서 작은 집을 하나 빌려 살며 그 나라 언어를 배우고 싶다. 거리의 사람들이 얘기하는 것을 다 알아들을 수 있으면 좋겠다. 식당에 들어가 메뉴판을 꼼꼼히 읽고 능숙하게 주문을 할 정도면 족하다. 밤이면 와인을 딱 한 잔만 마시고 낮에 들은 이야기들을 글로 쓰고 싶다. 일 년은 짧고 삼 년은 길 것 같다. 떠나면 다시 그리워질 것 같을 순간, 그 정도가 딱 알맞지 싶다. 로또 사는 걸 자꾸 잊어버린다.

떠나간 고양이들의 방

떠나간 고양이들의 방

—
니스
nice

테이블 위에는 쥴리앙이 남겨둔 쪽지가 놓여 있었다.

세탁기와 가스레인지 사용법부터 냉장고 안에 있는 건(먹을 만한 걸 발견한다면) 뭐든지 드세요, 를 포함해 주변의 괜찮은 식당 목록이 적힌, 이른바 '집 사용 설명서'였다. 니스에서 일주일 묵을 집을 빌렸다. 파란 타일로 장식된 주방과 채광 좋은 발코니로 통하는 너른 거실과 욕실이 딸린 침실이 두 개 있는 아파트다.

냉장고는 물론 서랍 하나하나까지 다 열어본다. 열어보지 말라는 말은 설명서 어디에도 없었다. 그릇장 서랍에서 광택을 잃긴 했지만 여전히 우아한 은제 커트러리를 찾아내고 감탄한다. 재킷보다는 카디건과 스웨터가 많이 걸려있는 옷장 사이에서 프린트가 휘황한 티셔츠를 몇 장 발견한다. 북극곰부터 디자인과 인디밴드, 여체에 이르기까지 집 주인의 관심 영역이 방대한 것을 테이블 위에 놓인 잡지와 책꽂이에서 짐작한다. 문득 정신 차리고 보니 상당한 시간이 흘렀다. 갑자기 내가 도둑고양이라도 된 것 같다.

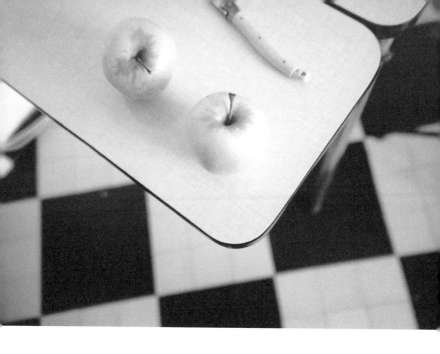

이렇게 남의 집을 헤집어봐도 되는 걸까? 생각해보니 내가 사는 집조차 그렇게 구석구석 살핀 적이 없었다. 역시 부끄러운 짓을 했다는 생각이 든다. 잠시 발코니에 나가 반성의 시간을 가졌다. 지중해에서 꼬뜨다쥐르 해변까지 단숨에 불어온 바람이 머리카락을 흩날렸다. 청량한 햇살이 인색하지 않게 발코니를 떠돈다. 눈부신 태양과 바람을 포함한 모든 것을 허락했지만 쥴리앙은 방 하나는 절대 열어보지 말라고 했다. 나는 푸른 수염의 아내가 된 기분이 든다.

태양이 기울고 있었다. 햇살이 남아 있을 때 잠시나마 바다 구경을
하기로 했다. 명색이 세계 최고의 휴양지에 왔으니 말이다. 니스는
두 번째였다. 처음은 십여 년 전, 겨울 초입이었고 이번엔 그보다는
좀 낫지만 역시 성수기와는 동떨어진 때다. 그래도 해변에는 토플
리스 차림의 여자들이 간간이 누워있긴 했다. 연한 금빛이 담담히
퍼져가는 바다는 다소 을씨년스러웠다.

생각해보면 내 여행지들은 대체로 인적이 드물었다. 인적이 드문
곳을 고른 게 아니라 그런 때를 골랐기 때문이다. 나는 늘 조금 서
두르거나 늦게 닿곤 했다. 출근하지 않는 나는 사람 없는 오후의
공원이나 카페에 앉아 있는 일이 종종 있다. 고요와 햇살, 간혹 바
람만이 찾아드는 공간에 홀로 앉아 있는 것은 얼마나 호사스러운
일인지. 주말이면 그 공간은 완전히 다른 곳으로 변한다. 공간이
주는 울림은 시간에 빚져 있는지 모른다.

노을 지는 해변을 한참 거닐다 배도 고프고 춥기도 하니 이제 돌아가자고 생각한다. 쥴리앙의 메모에 적혀 있던 가게에 들러 산 피자와 냉장고에 있던 와인을 꺼내 저녁을 차린다. 냉장고에는 라임 한 박스, 시들기 시작한 민트 한 다발과 토마토가 몇 개 남아 있었다. '먹을 수 있는 건 뭐든 드세요' 라는 문구를 떠올리며 토마토를 씻어 접시에 담는다. 열어둔 발코니 창으로 오가는 자동차와 사람들 소리, 이웃집에서 풍겨오는 향신료 냄새와 사위어 가는 햇살이 스며든다. 피자를 씹으며 나는 생각한다. 쥴리앙은 어디로 간 걸까?

숙소 사이트에서 아파트를 예약했을 때, 나는 이 집이 렌트할 목적으로 꾸며진 곳인 줄 알았다. 니스에는 자기가 사는 집 외에 따로 집을 두고 장단기로 렌트해 주는 사람들이 많았다. 하지만 읽다 엎어둔 책과 금방 벗어놓은 듯한 옷, 지난 주말 작은 홈 파티가 열렸던 흔적인 라임과 민트가 고스란히 남아 있는 이곳은 일상을 사는 사람의 집이다. 저녁을 먹고 에스프레소머신으로 진한 커피까지 한 잔 내려 마신 뒤 나는 생각했다.

자, 이젠 뭐가 남았지?

인간은 호기심의 동물이다. 이성이나 도덕은 본능을 앞서는 경우가 드물다. 참을 만큼 참았다. 나는 열지 말라고 했던 방의 손잡이를 돌려본다. 인간이 호기심의 동물인 것을 쥴리앙도 물론 잘 알고 있었다. 방문은 굳게 잠겨 있다. 푸른 수염의 아내는 어떻게 했나? 나는 잠긴 방문 앞에서 안달이 난다. 욕심 사납게 방문을 힘껏 밀어본다. 문은 열리지 않는다. 그 순간 등 뒤에서 뭔가 움직인다. 소스라치게 놀랐다가 벽에 비친 내 그림자라는 걸 깨닫는다. 달이 밝았다.

호기심이라면 나는 수염 잘린 고양이만큼도 가지고 있지 않다. 호기심은 어린 아이들, 말하자면 정신적으로나 육체적으로 힘이 넘치고 사회적인 제재에서 비교적 자유로울 때에나 가질 수 있는 것이라고 생각한다. 호기심을 가지기에는 나는 너무 나이가 들었고, 힘도 부치고, 무엇보다 귀찮다. 특히 타인에 대한 호기심은 받는 것도, 갖는 것도 별로 탐탁지 않다. 내가 쥴리앙의 집을 뒤진 것은 호기심이라기보다는 좀처럼 주어지지 않는 기회(누가 자신의 집을 주머니 뒤집듯 탈탈 털어 보라고 허락하겠는가?)가 온 것에 흥분했던 탓이다.

하지만 내가 호기심에서 완전히 자유롭다고 할 수 있을까? 어느 날 문득 발견한 한 장의 사진 때문에 우유니의 소금 사막을 보기 위해 장장 스무 시간 넘게 비행기를 타고(직항이 없어서 환승을 하며) 또 한나절 버스를 타고 그러고도 지프차에 실려 사흘 동안을 달리는 수고를 감내한 것은 보고 싶다는 욕망, 미지의 세계에 대한 호기심 아니었던가. 하지만 소금 사막을 보고 싶었던 것은 그곳이 이름난 곳이거나 근사한 풍경을 지녔기 때문이 아니었다. 메마른 황토 빛 초원 끝에 난데없이 생겨났고(생성 이유는 분분하다), 조만간 사라질 곳이라는 점이 매혹적이었는가. 잘 모르겠다. 그곳에 가고 싶다는 마음이 들었을 뿐이다. 알 수 없는 '뭔가' 에 나는 끌리곤 한다.

그 '뭔가' 는 애매한 단어만큼이나 모호하다. 거의 모든 사물과 사람이 '뭔가' 를 가지고 있지만 그것은 스스로 내보이는 것이 아니라 대개는 타인에 의해 발견된다. 예를 들면 아메바에 관해서도 '뭔가' 있다고 생각하는 사람이 반드시 있을 거라는 얘기다. 그 '뭔가' 를 지속적으로 발견하고 그것에 반복적으로 끌리는 행위를, 조금 덜 애매모호한 단어로 이야기하자면 '취향' 이라 할 수 있을 것이다.

예전에 동생과 함께 파리를 여행한 적이 있다. 하루는 동생을 잃어 버렸다. 내가 어느 쇼윈도 앞에서 넋을 잃고 있는 사이 동생이 사라져 버린 것이다. 길모퉁이를 도는 것을 보았으니 따라가면 되리라 생각했다. 하지만 동생은 어디에도 보이지 않았다. 내 휴대폰은 로밍도 해가지 않고 해외 유심칩으로 바꾸지도 않았으니 무용지물이었다(인터넷은 동생의 휴대폰에만 전적으로 의지하고 있었다). 그때만 해도 여유가 있었다. 룩상부르 공원으로 가는 길이었으니 어차피 만나게 돼있다. 그렇게 생각하며 나는 근사한 파리의 골목길을 느긋하게 거닐기 시작했다.

하지만 동생을 다시 만난 건 해가 진 뒤, 호텔 방 안에서였다. 헤어진 지 여섯 시간 만이었다. 그 시간 동안 내가 한 일은 룩상부르 공원을 구석구석 샅샅이 훑으며 다섯 바퀴 돌기, 룩상부르 공원에서 오페라가르니에 거리에 있는 숙소까지 두 번 오가기, 호텔 방에서 내가 아는 모든 수단을 동원해 동생의 휴대폰으로 전화 걸기(실패로 돌아갔다) 등등이었다. 동생은 줄곧 공원 안과 그 근처를 헤맸다고 했다. 불과 몇 킬로미터 안에서 길이 어긋나다니 귀신이 곡할 노릇이었다. 하지만 동생이 혼자 헤매며 카메라에 담아온 사진들에 나는 더욱 놀랐다. 그건 여섯 시간 동안 내가 찍은 사진과는 전혀 달랐다.

디저트 가게와 케이크 숍(애타는 마음을 달래기 위해 마카롱을 몇 개 사먹은 눈치였다), 사랑스러운 옷 가게, 유니크한 인테리어 숍, 공원 잔디밭에서 뛰노는 아이들과 예쁜 크레페 가게에서 일하는 귀여운 아가씨(갈수록 애타는 마음을 달래기 위해 크레페도 사먹은 모양이었다), 그런 것들이 동생이 찍은 사진이었다. 그에 비해 세느 강변에 늘어선 가판대의 책과 포스터, 허름한 고서점, 단정한 분위기의 문구점, 공원 호수를 둘러싸고 의자에 앉아있는 사람들과 벤치에서 샌드위치를 나눠먹고 있는 노인들(묘하게 샌드위치에만 초점이 맞아 있었다), 그것이 내가 찍은 것들이었다. 셔터를 눌러야겠다는 충동을 일으키는 것이 전혀 달랐고, 그것은 말하자면 취향의 차이였다.

여행을 다녀오면 대단한 이야깃거리나 경험을 가지게 되는 것으로 기대하는 사람들이 있다. 하지만 그건 마르코 폴로의 시대 때나 가능한 이야기고 지금은 인터넷 사이트만 잠시 들여다봐도 우유니 사막에 다녀온 사람보다 더 생생하게 사막에 대해 이야기할 수 있다. 내게 여행이 어땠느냐고 묻는다면 담장 위에 내려쬐는 햇살이 예뻤다거나 그때 부는 바람이 나붓했다거나 돌아오는 길에 무지개를 봤다거나 하는 기억을 수줍게 말할 수 있을 뿐이다.

내 눈에 띈 '뭔가'는 다른 사람에게는 그리 대수롭지 않을 수 있다. 이끌리는 '뭔가'는 사람마다 다른 것이다. 뭔지 모르지만 그 '뭔지 모르는' 것이 내 눈에 문득 띄어, 내 안으로 슬며시 들어와 부드러운 눈처럼 조용히 쌓인다. 이따금 눈 위를 처음 걷는 호기심 많은 고양이처럼 발자국이 사뿐사뿐 나기도 해서 나는 그것을 홀린 눈으로 들여다본다. 내 눈이 머무는 대상은 대개는 작거나 오래된 것, 구석과 그늘인 경우가 많다. 아마도 내 취향은 음침한 것인가 보다.

나는 쥴리앙의 침대에서 눈을 뜨고 쥴리앙의 푸른 부엌으로 들어
가 쥴리앙의 에스프레소머신으로 커피를 내려 마시고 쥴리앙의 욕
실을 쓰고 쥴리앙의 문을 닫고 조용히 집을 빠져 나온다. 쥴리앙의
일상을 여행자인 내가 살고 있다. 내 옷에서 쥴리앙의 침대 시트에
서 나던 냄새가 난다. 쥴리앙의 선반에 있는 세제와 유연제를 썼기
때문이다. 일상과 여행이 뒤섞인 오묘한 냄새다. 쥴리앙은 어디로
갔을까? 아직도 잠긴 방 앞을 지날 때면 나도 모르게 숨을 죽이고
문 너머에 귀를 기울이곤 한다.

니스에 머무는 동안 생활은 간소해진다. 바게트와 와인 한 병, 그리고 과일 약간. 매일 지나치는 시장과 집 앞 가게에서 사는 것으로 족하다. 집을 쓸고 닦아 청결을 유지해야 할 의무도 없고(집을 손상시키지 않겠다는 최소한의 약속은 지켜야 하지만), 한꺼번에 일주일치 장을 봐서 냉장고를 채우고 비워내야 하는 고단함도 없다. 일상의 일들은 저만치 물러나고 유예의 시간이 조용히 흐른다. 저녁은 집 근처 태국 음식점에서 사온 국수나 남은 피자를 데운 것에 싸구려 와인 한 잔을 곁들여 단출하게 먹는다. 열어 놓은 발코니

창으로 오후의 마지막 햇살이 우아하고 관능적인 검은 고양이처럼 나긋나긋하게 걸어 들어와 소리도 없이 살금살금 빠져 나갔다. 여행자의 밤은 오롯이 휴식을 위해 낭비한다. 집에서 고심 끝에 골라간 책을 침대 위에서 읽거나 이국의 언어가 흘러나오는 텔레비전 화면을 멍하니 바라보거나 혹은 소까, 돼지 귀, 잘생긴 점원, 레이스 손수건, 아티초크 등등, 나만 알 수 있는 암호로 그날 하루를 끼적이는 일. 그것은 가장 호사스러운 낭비다. 매일 아침 시트를 갈고 방청소를 해주는 이도 없지만 외출하고 돌아오면 테이블 위에 올려놓았던 내 브러시는 같은 장소에 놓여 있고 벗어 놓은 옷가지는 누구의 눈도 의식하지 않고 속 편하게 널브러져 있다. 조금은 나의 방, 우리 집 같은 기분이 든다. 해가 지고 어두워지면 돌아가고 싶다는 생각이 들고, 그래서 안도감이 든다면 집이라고 불러도 무방할 것이다. 굳이 명명하자면 '여행자의 집' 이다.

나는 침대에 누워 이 방을 거쳐 갔을 수많은 여행자들을 떠올린다. 그들 역시 쥘리앙의 쪽지를 봤을 것이고 쥘리앙의 냉장고와 서랍 안을 들여다봤을 것이다. 잠긴 문손잡이를 돌려봤을 것도 당연하다. 금지된 것을 들여다보고 싶은 충동에 대해 조금은 죄의식을 가지기도 했을까? 잠긴 방에는 무엇이 들어 있는가 하는 수없는 상상이 이 침대에서 뒤척였을 것이다. 치울 엄두가 나지 않는 잡동사니? 아무에게도 들키고 싶지 않은 기이한 취미? 혼자만 간직하고 싶은 추억?

양을 세는 대신 나는 잠긴 방 안에 있을 만한 것들을 헤아려 보다 잠이 든다. 소중한 것이든, 혐오스러운 것이든 쥘리앙은 '비밀' 이란 능금 하나를 이 집에 던져두고 떠났다.

비밀은 신선하다. 뭔지 모르는 '뭔가' 이기 때문이다. 분명한 것 하나는, 내가 니스를 떠올릴 때 제일 먼저 생각날 것이 쥴리앙의 잠긴 방이리라는 거다.

쥴리앙의 집을 떠난 뒤, 나는 핀 하나를 잃어버린 것을 알았다. 앞머리를 고정시키는 데 쓰는 작은 핀이다. 아마도 쥴리앙의 집 어딘가에 흘린 모양이었다. 내가 그 핀을 다시 찾을 수 있을까? 있어도 그만, 없어도 그만인 물건이다. 확실한 건 내가 그곳에 무언가를 남기고 왔다는 것이다. 아마도 기억하지 못하는 것들 역시 쥴리앙의 집에 남아 있을 것이다. 내 옷에서 떨어져 나간 실오라기나 내 머리카락, 테이블에 흘렸던 배와 오렌지의 즙, 침대 위에 떨어뜨린 과자 부스러기, 내가 쓰는 화장품과 향수 냄새, 시장에서 사서 밤마다 피워두곤 했던 백단 향의 양초 냄새. 그런 것들이 떠나간 고양이의 흔적처럼 그늘의 방향으로 남는다. 하지만 고양이는 머물렀던 공간을 잊지 않는 법이다.

어쩌면 우리 중 누구도 자기 자리는 없는지 모르지. 어딘가 있기는 있다는 것을 알긴 알지만, 우리가 거길 찾아서 한순간이라도 살 수 있다면 축복받은 인생이라고 할 수 있겠지.

−빌게 카라수

에즈, 방스, 생 폴 드 방스. 이름도 어여쁜 마을들. 갤러리와 예배
당, 멋진 부티크와 예쁜 카페. 골목골목에서 꼬뜨다쥐르의 햇살을
사랑했던 화가들을 만날 수 있었다. 샤갈, 마티스, 피카소. 위대한
작품을 남기지는 못하겠지만 그들 못지않게 햇살을 사랑할 수는
있다. 나른하고 찬란한 지중해의 태양.

수국, 치자, 라일락과 히야신스, 작약 그리고 라넌큘러스. 내가 좋아하는 꽃을 한데 모아 꽃다발을 만들면 색은 수수하지만 몹시 향이 진한 꽃다발이 될 것 같다.

마을 어귀의 작은 가게에 자꾸만 눈이 갔다. 선명한 색의 채소와
과일 그리고 탐스러운 작약과 라넌큘러스. 샤갈과 마티스의 기념
품 대신 작약 한 다발을 산다. 돌아오는 길에 멀리 하늘에 걸린 무
지개를 보았다.

팬케이크의 부엌

팬케이크의 부엌

—

엑상 프로방스
aix-en provence

마리는 파리에서 나고 자랐다. 부모 손을 잡고 집 주변 공원에 가서 뛰어놀았고 파리에서 학교를 다녔고 졸업을 했고 취직을 해서 일을 하고 몇 번인가 연애를 하고 헤어지기도 했다. 뼛속까지 파리지앵이었다. 그러다 문득 언젠가는, 그러니까 언제가 될지 모를 언젠가 한적한 시골에 집을 짓고 살고 싶다는 생각이 들었다. 어린 아이들과 함께 휴가를 보내러 엑상 프로방스에 왔을 때였다. 마리는 시골에 살아본 적이 한 번도 없었다. 한 번도 살아보지 않은 삶에 대해 생각하고 생각하다 보니 어느덧 그것은 꿈이 되었다. 누가 묻지도 않아서 입 밖으로 말해본 적도 거의 없는 마리의 꿈은 말 그대로 꿈, 자고 일어나면 사라지고 말, 꿈같았다.

어느 날 마리는 엑상 프로방스의 작고 한적한 마을에 집을 짓고 B&B 숙소를 열었다. 아이들이 다 자라 집을 떠나고 난 뒤였다. 처음에는 심하게 반대했던 남편은 지금은 누구보다 이곳을 좋아한다고 했다.

"풀 뽑는 시늉 좀 하다 낮잠 자는 게 그 사람 일이니까요. 어떻게 좋아하지 않을 수 있겠어요?"

비밀이라도 말해주듯 목소리를 낮춰 말하고는 마리는 재밌다는 듯 웃었다. 자연스러운 주름살이 마리의 얼굴에 부드러운 파도처럼 퍼져나갔다.

무관심한 척하며 계속 우리 뒤를 따라 다니는 귀여운 고양이와 꼬리를 흔들어 보이는 순한 강아지가 함께 사는 집에서 마리는 매일 부지런히 청소를 하고 정원을 가꾸고 잼을 만들고 손님을 맞는다. 단정하게 깔려있는 퀼트 이불에 코를 대보니 연한 라벤더 냄새가 났다. 밤새 좋은 꿈을 꾼 것 같다.

이른 아침, 이슬 맺힌 풀 위로 노랗게 햇살 조각이 떠돈다. 마리의 정원을 산책하고 있는데 주방에서 좋은 냄새가 풍긴다. 풀밭 위를 이리저리 뒹굴며 배를 보여주면서도 만지는 건 절대 허락하지 않는 밀당의 고수인 고양이의 매력에 흠뻑 빠진 채로 우리는 아침 메뉴를 짐작해본다. 버터를 두르고 구운 식빵, 아니 그보다는 더 달콤하고 부드러운 냄새다. 달걀과 우유에 적셔 구운 프렌치토스트가 아닐까. 거기에 마리가 직접 만든 잼과 막 내린 뜨거운 커피가 곁들여지겠지.

주방문이 열리고 마리가 소리쳐 부른다.

"아침 먹으러 와요!"

우리는 활짝 웃으며 맛있는 냄새가 나는 주방을 향해 달린다.

광장에서 열린 작은 시장에서 가장 욕심나는 건 웬일인지 아티
초크였다. 통째로 구워 먹는 것 외에 아티초크 요리법은 별로 아
는 것이 없다. 대신 올리브오일로 만든 비누와 레이스 손수건을
몇 장 샀다. 아마 한동안은 차마 쓰지 못할 것이다. 내겐 그런 것
들이 꽤 있다.

할아버지의 커피

할아버지의 커피

아비뇽
avignon

아비뇽에서 묵은 곳은 오래된 작은 호텔이었다. 호텔을 선택한 이유는 '아침마다 주인 할아버지가 내려주는 커피가 정말 맛있어요' 라는 리뷰 때문이었다. 어떤 결정을 할 때 내 마음을 움직이는 것은 작고 사소한 것일 때가 많다. 어째서인지는 잘 모르겠다. 잊힌 채로 선반 위에서 담담히 익어가는 과일이나 빛이 미처 닿지 않는 그늘에 눈과 마음이 기운다. 조금 비뚤어진 인간인지도 모르겠다. 어쨌거나 '다정한', '주인 할아버지' 나 '맛있는 커피' 같은 것에 마음이 약해지는 타입이다.

빵과 커피, 약간의 잼과 주스뿐인 소박한 아침상에 "얼마든지 있으니 마음껏 들어요." 라는 다정한 말이 곁들여졌다. 커피를 한 모금 마시자 마음이 가만히 움직였다.

막 봄이 깃들고 있는 언덕 위의 햇살은 호사스러웠다.
곁에 있을 때는 소중한 줄 모르다가 지나고 보면 문득 깨닫게 되듯,
떠난 뒤 어느 날 몹시 그리워지는 곳이 있다.

마카롱의 아침

마카롱의 아침

—

파리

paris

빵을 좋아한다. 거의 매일 빵을 먹는다. 아침에 일어나 물 한 잔을 마시고 사과를 먹으며 오늘은 무슨 빵을 먹을까 생각한다. 식빵에 잼을 발라 먹거나 거친 곡물 반죽에 무화과나 견과류를 넣어 구운, 먹으면 건강해질 것 같은 위안을 주는 빵을 즐겨 먹는다. 제일 자주 먹는 건 단팥빵이다. 단팥빵을 좋아한다. 팥이 듬뿍 든 둥그런 빵은 우유와 먹어야 제격이다. 아침으로 단팥빵이라니 질색할 사람도 있겠지만 나는 혼자 살고 혼자 아침을 먹으니 누가 뭐랄 사람 없다. 그저 내가 좋아하는 것으로 아침을 먹을 뿐이다. 아침으로 먹을 빵을 잔뜩 사온 날은 잠들기 전부터 설렌다. 내일은 맛있는 빵을 아침으로 먹겠구나 하고.

햄버거도 패스트푸드점도 별로 좋아하지 않아 여간해선 잘 가지 않는다. 하지만 여행지에서 몇 번 맥도날드에 간 적 있다. 화장실이 급했을 때 요긴했다. 그리고 파스타 한 접시 먹는데도 물은 가스워터로 할래, 플랫워터로 할래? 좋은 와인 있는데 진짜 안 마실 거야? 하고 묻는 지난한 주문 과정에 지치거나 한 글자도 읽지 못하는 메뉴판을 대충 찍어 나온 괴이한 음식에 시름 깊어지는 날이 이어질 때 간편한 주문 과정과 짐작 가능한 음식을 먹을 수 있는 패스트푸드점은 피난처가 되어주었다. 언젠가 책에서 다른 나라를 여행할 때 맥도날드를 보면 마음이 안정된다는 글을 읽은 적 있는데, 그 심정 조금은 이해된다.

파리에서 맥도날드에 간 적 있었다. 아주 오래 전, 파리에 처음 갔을 때였는데 깜짝 놀랐다. 매장 내에서도 담배를 맘껏 피울 수 있는 것(지금은 프랑스도 법이 바뀌어 어림없는 일이 됐지만)과 또하나는 패티는 잘 모르겠지만 햄버거 번이 몹시 맛있어서 놀랐다. 파리는 심지어 맥도날드 빵도 맛있구나 하고 감탄했다.

여행지에서 아침으로 맛있는 빵을 먹을 수 있다는, 별 대수롭지 않은 일이 내게는 아주 큰 여행의 기쁨이 된다.

파리에서 빵을 정말 많이 먹었다. 호텔 조식으로 나오는 바게트와 크루아상을 늘 한 바구니씩 비워댔다. 맥도날드에는 다시 간 적 없어 여전히 햄버거 번이 맛있는지 확인할 수 없었지만 여러 종류 빵들을 먹고 케이크와 마카롱 등의 디저트도 부지런히 섭렵했다. 바게트 샌드위치 맛에도 흠뻑 빠졌다. 부러 찾아간 카페나 빵집도 있었지만 아무데나 들어가 사먹은 샌드위치도 하나같이 맛있었다. 빵집이나 시장에서 커다란 바게트샌드위치를 사서 걸으며 먹었다. 입천장이 다 까지는 것도 모르고 매일매일 신나게 먹어댔다.

미술관과 베르사이유 궁전도 좋았지만(에펠탑은 멀리서 볼 때가 예뻤다) 양말에 구멍이 나도록 세느강을 따라 걷는 것이 좋았다. 제일 좋은 건 공원이었다. 볕이 잘 드는 벤치에 앉아 사람들을 구경하며 이어폰으로 음악을 듣거나 가끔 노트에 뭔가 끼적이곤 했다. 책도 한 권 챙겨가긴 했지만 한 장을 넘기기 힘들었다. 책을 읽기에는 좀 그랬다. 부드러운 공기와 나붓한 햇살, 여유가 뭔지 아는 사람들(심지어 강아지마저도), 완벽에 가까운 날씨, 적당한 소란과 고요가 귓가를 벌처럼 붕붕거리며 가볍게 날아다녔다. 어쩐지 졸음에 겨우면서도 나는 눈앞의 풍경에서 눈을 떼지 못한다. 잠시 눈을 감았다 뜨면 금방 사라져버릴 것 같은 풍경. 잠시 누린 충만한 한때를 언젠가 그리워할 것 같은 예감이 든다. 어쩐지 조금 서글퍼져서 나는 바게트샌드위치를 꺼내 먹는다. 바삭, 하고 입 안에서 빵이 부서진다.

처음 파리에 갔을 때는 이렇게 아름다운 곳에 너무 빨리 온 게 아닌가, 감동하며 눈물까지 찔끔 흘렸다. 이런 아름다움은 다시 만나기 힘들 것 같고 이후의 세상은 무채색이 되는 게 아닐까 하는 두려움마저 들었다(걱정도 팔자였다). 다시 파리에 갔을 때는 다소 무덤덤했다. 역시 두 번째라 그런가 싶기도 하고 파리가 변했나 싶기도 했다. 생각해 보니 변한 건 내 쪽인 것 같았다. 여행의 근육이 굳고 심장은 차츰 무뎌지고 있다. 언제까지 내가 여행할 수 있을지 모르겠다. 더 이상 여행할 수 없는 순간이 올 것이다. 더 이상 여행하고 싶지 않을 순간도 올지, 그건 잘 모르겠다.

브라우티건의 소설에는 도서관에서 사서로 일하는 남자가 나온다. 남자가 근무하는 도서관에 사람들은 어느 곳에서도 출판되지 않은, 그리고 출판될 가능성이 없는 책을 들고 온다. 그 중에 새뮤얼 험버의 <우선 아침식사부터>라는 책이 있었다. 저자는 여행할 때 아침식사가 엄청 중요한데, 많은 여행안내서에 빠져 있다고 말했다. 그래서 그가 여행 중 아침식사가 얼마나 중요한가에 대한 책을 썼다고 했다. 나는 <우선 아침식사부터>라는 책이 못내 궁금했고 진짜 출판되어 나왔으면 하고 생각했다. 브라우티건의 소설 제목은 <임신중절>이고 임신중절에 관한 내용이다.

그것은 마법의 순간

그것은 마법의 순간

—

볼리비아
bolivia

불편하고 낯선 잠자리, 점쟁이가 된 심정으로 메뉴판을 찍어 나온 해괴한 요리, 이국의 언어와 알 수 없는 거리, 세포 하나하나까지 긴장하고 망망대해를 표류하는 것 같은 기분. 젠장, 괜히 떠났어, 하고 후회해도 코끝에 바람이 살랑살랑 불면 궁둥이가 들썩이기 시작한다. 마법에 홀려있기 때문이다. 여행의 모든 순간은, 내게 마법이다.

6월의 남미는 추웠다. 반팔 티셔츠를 입고 떠난 인천 공항과 반대의 날씨라는 사전 지식은 있었지만 에이, 그래도 남미인데, 하고 방심했던 남미의 겨울은 혹독하리만큼 매서웠다. 긴 비행 끝에 도착한 부에노스아이레스에서 맨 처음 한 일은 쇼핑센터를 찾아 두툼한 점퍼와 장갑을 사는 것이었다. 그래도 한기는 몸 구석구석 야무지게 파고들었다. "프리오, 무쵸 프리오." 내가 남미에서 몸으로 터득한 단어였다. 하얀 입김과 함께 단어가 절로 입에서 튀어 나왔다. '프리오'란 '춥다'란 뜻이다. 추웠다. 무척 추웠다. 옷깃을 여미며 볼리비아 행 버스에 올라탔다.

남미 여행을 오랫동안 꿈꿔왔다. 어디선가 본 사진 한 장 때문이었다. 사진 속 풍광은 바로 볼리비아의 우유니 사막이었다. 모래 대신 하얀 소금으로 뒤덮인 사막. 믿기 어렵지만 지구 반대편에 분명 존재하는 곳, 그것이 우유니 사막이었다. 홍학 떼로 뒤덮인 붉

은 호수를 지나고 광활한 팜파스를 달려 온천이 치솟는 분화구와 웅장한 협곡 사이를 지나 다다르는 곳. 인디오 아줌마가 초원에서 만들어주는 정통 볼리비아식 요리를 맛보며 소금 호텔에서 숙박하는 3박4일의 로드 트립. 생각만 해도 가슴이 뛰었다.

어찌나 가슴이 벌렁거렸는지 투어를 시작하자마자 심장은 튀어나올 것 같고 호흡이 곤란하고 속은 울렁거리고 머리는 깨질 듯이 아파왔다. 과음한 다음날 겨울 바다로 출항하는 새우잡이 어선에 올라탄 기분, 딱 그거였다. 말로만 듣던 고산증이었다. 추위에 떨고 헛구역질을 연신 하다 두통약을 삼키고 3초 정도 정신이 나면 나는 중얼거렸다. 젠장, 내가 왜 사서 고생을 하는 거지. 춥고 아프고 먹지 못해 배고프고 더운 물은 언감생심, 물 구경도 제대로 못해 감지 못한 머리를 연방 긁어대곤 했다. 여기에 하나 더. 그때 나는 십여 년간 잘 다니던 직장에 사표를 낸 참이었다.

낡은 철제 침대가 등에 배기고 몸을 뒤척일 때마다 삐걱거리는 소리가 났다. 온기라곤 하나 없는 방이 내뿜는 냉기가 몸에 스며들었지만 더 참지 못할 것은 두통이었다. 우유니 사막 투어 둘째 날 밤이었다. 전기도 난방 시설도 없는 허름한 창고 같은 건물에는 세계 각지에서 몰려온 여행자들 수십 명이 일찌감치 잠자리에 들어 단꿈을 꾸고 있었다. 푸푸푸, 곤한 숨소리가 곳곳에서 들려왔다. 고산증 때문에 홀로 잠들지 못하던 나는 어둠 속에서 두통약을 입안에 털어 넣고 두통에 효과 만점이라며 인디오 아줌마가 준 코카잎을 씹으며 통증을 달래보려고 했다. 코카 잎에서 찝찔한 맛이 난다 싶었더니 뜨뜻한 것이 내 눈에서 흘러내리고 있었다. 고산증보다 더 참기 힘든 것은 아프다고 호소할 수 없는 상황이었다. 조금 외로웠는지도 모른다. 담요로 몸을 둘둘 만 채 숙소를 빠져 나왔다. 신선한 공기를 쐬면 좀 나아질까 싶어서였다.

차가운 공기가 단숨에 뺨을 때렸다. 턱, 숨이 막혔다. 아니, 숨이 가빠졌다. 나는 꼼짝도 못하고 우두커니 눈앞의 광경을 바라보고만 있었다. 광경이라는 말은 압도적인 규모와 빛을 담아내기에는 지나치게 단순한 표현이다. 나는 이곳이 어디인지 알고 싶었다. 내가 알던 세상은 사라지고 없었다. 완전히 새로운 세상, 전혀 다른 공간이다. 아니, 전혀 다른 시간일지도 모르겠다. 흔들면 온통 금빛 눈보라가 휘몰아치는 검은 스노우볼 안에 들어온 기분이었다. 무수히 많은 별이 눈앞에 펼쳐져 있었다. 재빨리 소원 하나를 빌었다. 별 하나가 투욱, 지상 위로 떨어졌기 때문이다. 그러고 나자 사방에서 별이 쏟아져 내렸다.

아무도 말해 주지 않았다. 환상적인 하얀 사막과 기기묘묘한 소금 암석에 대해서는 수천, 수만 가지의 찬사가 있었지만 사막에서 보는 밤하늘에 관해서는 누구도 이야기하지 않았다. 너무 좋은 건 숨겨두고 싶은 법. 모두 그런 마음이었을 것이다. 추위도, 고산증도 잊고 넋마저 잃은 채 밤하늘을 올려다보았다. 지상에는 단 하나의 불빛도 없고, 밤하늘만이 무수한 별들로 파르스름하게 빛나고 있었다. 오직 밤하늘과 별, 그리고 나뿐이었다. 이 멋진 광경을 나 혼자 차지하고 있다니. 가슴이 터질 것 같았다. 고산증이 아니라 기쁨 때문이었다.

하지만 이내 내 생각이 틀렸다는 걸 깨달았다. 별을 올려다보고 있는 건 나 혼자만이 아니었다.

"챠오" 하는 인사가 차가운 공기를 건너 날아왔다.

저만치 떨어진 곳에 곰처럼 보이는 것이 하나 있었다. 그게 나처럼 담요를 덮어쓰고 있는 사람이란 걸 알아챘다. 게다가 남자였다. 숙소는 떨어져 있고 모두 잠들어 있으니 외쳐봐야 들을 사람도 없을 터였다. 덜컥 무서움을 느낀 것도 잠시, 외계의 교신을 접한 듯 두려운 한편 설레면서 나는 스르륵 남자에게 다가갔다. 그리고 속으로 내가 아는 모든 이국의 언어를 빠르게 검색하고 그중 하나를 소리 내어 말했다. 곰방와. 이어서 대답이 들려왔다. 곰방와. 목소리는 따스했다. 옆에 와서 앉으라는 소리라고 생각하기로 했다. 우리의 대화는 이런 식이었다.

"혹시 유 노우, 오다기리 조?"

"아아, 예스."

"가꼬이이이이~."

"흠. 이영애상 가와이."

서로의 취향이 일치한다는 것을 파악했다. 아름다움은 국경도 초월하는, 세계 공통 언어였던 것이다.

남자는 ― 남자라기보다는 소년에 가까웠다 ― 오랫동안 여행한 것처럼 보였다. 볕에 그을리고 살이 빠져 광대뼈가 도드라지고 몸 곳곳에 오랜 피로가 숨길 수 없이 배어 있었다. 하지만 긴 앞머리 사이로 드러난 눈빛만은 유독 반짝반짝했다. 그는 8개월째 남미를 여행 중이라고 했다. 고등학교를 졸업한 뒤, 대입도 취업도 하지 않고 편의점 등에서 아르바이트하며 돈이 모이면 긴 여행을 하고 돈이 떨어지면 일본으로 돌아가 일자리 구하기를 반복하며 살아왔다고 한다. 지난 번 여행은 유럽을 일 년간 누볐으며 다음 여행지

는 아프리카로 정해 두었다고 말했다.

오랜 여행자에게는 특유의 느낌이 있다. 어쩐지 달관한 듯, 어딘
가 모르게 여유로워 보이기도 하며 초원에서 부는 바람이나 바닷
가의 해풍처럼 신선한 기운을 생생하게 품고 있다. 그가 바로 그
랬다. 대학생 정도 나이의 남자가 소년처럼 느껴지는 것은 그런 이
유 때문이었다.

각자의 담요를 뒤집어쓴 채 우리는 많은 이야기를 나누었다. 나는
이와이 슌지와 고레에다 히로카즈의 영화에 대해 이야기했고 그는
박찬욱과 봉준호의 영화를 본 적 있다고 했다. 내가 무라카미 하
루키의 소설을 좋아한 적 있다고 말하자 그는 하루키의 여행기를
읽고 그리스에 가보았노라고 말했다. 월드컵 우승국에 대해서는 의
견이 엇갈리기도 했지만 이내 아무렴 어때, 재밌으면 됐지, 하고 합
의점에 도달했고 남북통일과 독도 문제에 대해 진지하게 토론했다.
그는 칠레와 아르헨티나를 거쳐 한 달 뒤 도쿄로 돌아갈 예정이라
고 했다. 나는 라파즈로 가서 페루를 여행하고 서울로 돌아간다고
하자 그가 주머니를 뒤져 뭔가 내게 건넸다. 명함이었다. 라파즈에
서 자기가 묵었던 호텔의 명함이라고 했다. '칩 프라이스, 굿 퀄리
티' 라고 말한 뒤 그는 웃었다. 나는 고맙다고 말하고 명함을 받았다.

수없이 많은 별이 희미하게 하나둘 사라지며 저 멀리 지평선이 붉
게 타올라왔다. 해가 밝아오고 있었다. 세상이 몽롱하게 보이며 갑
자기 견딜 수 없을 정도로 졸음이 밀려왔다.

우리는 일어나 숙소를 향해 걸어 각자의 방으로 헤어져 들어갔다. "겡끼" 라는 내 작별 인사에 그는 "굿 럭" 이라고 답했다. 잠시 눈을 붙인 뒤 일어나보니 그는 이미 떠나고 없었다.

우유니 사막을 떠나 라파즈에 도착해 그가 준 명함을 보고 호텔
을 찾아갔다. 그의 말대로 호텔은 좋은 위치에 있었고 저렴한 가격
에 비해 상당히 쾌적했다. 내 방 창문 아래로는 대가족이 사는 집
마당이 내려다보였다. 어린 아이 둘이 마당에서 꼬리 깃털이 화려
한 닭을 뒤쫓으며 노는 것을 나는 한참 바라봤다. 그 호텔에 사흘
간 머물렀다. 그도 이곳에 머물며 닭이 돌아다니는 마당을 내려다

봤을 거란 생각을 했다. 이따금 호텔 로비에 있는 방명록을 뒤적이기도 했지만 그의 흔적은 발견할 수 없었다. 아마 그럴 거라고 생각했다. 나는 그것이 꿈처럼 생각됐다. 그렇게 수많은 별이 떠있는 밤하늘도, 완벽한 적요에 싸인 시간도 거짓말 같았다. 무엇보다 믿기지 않는 것이 있었다. 그와 나는 어떤 방법으로 대화를 나눌 수 있었던 걸까?

그는 남미 여행을 위해 일 년 동안 스페인어를 배웠다고 했다. 여행을 하는 데는 전혀 문제가 없을 정도로 스페인어가 유창했던 그에 반해 내가 아는 스페인어는 생존을 위한 단어 몇 개, 이를테면 아구아(물), 우노(하나), 도스(둘) 정도였다. 그의 영어 실력은 내 스페인어 실력보다 조금 나은 정도였다. 내가 아는 일본어는 스무 단어를 넘지 않았고 그는 한국어라고는 전혀 몰랐다. 그러니까 그와 내가 나눈 언어는 스페인어도, 영어도, 한국어도, 일본어도 아니었던 것이다. 그런데도 밤새 내내, 우리는 끊임없이 이야기를 나눴다. 아마도 우리가 나눈 것은 외계의 언어 아니었을까. 아니, 지금 생각해 보면 그것은 텔레파시였던 것 같다. 고독한 사람 사이에만 통하는 외로운 언어. 서로를 이해하고 싶다는 간절한 마음이야말로 가장 강력하고 완벽한 언어 아닐까.

종종 나는 별이 총총했던 푸르스름한 밤과 그와 나누었던 대화를 떠올린다. 아무래도 그것은 마법의 시간이었던 것만 같다.

일상에서 지치고 권태로울 때 사람들은 기분 전환의 방법을 모색하고 여행은 그 방법 중 하나다. 여행은 일상에서 살짝 벗어난 일탈이다. 일탈이 으레 그러하듯, 예측 불가능한 우연이 불쑥불쑥 끼어든다. 떠나지 않으면 결코 모를 일들을 여행에서 만나게 되는 것이다.

여행은 낯선 장소에 가서 다른 일상을 만나는 것이 아니라, 일상 속에서 잊고 있었던 자신을 새롭게 발견하는 일이다. 여행은 순간순간이 선택의 과정이다. 어디에 가고, 무엇을 먹고, 어디에서 묵는가 하는 것은 순전히 자신의 선택에 의해 결정되기 때문이다. 어떤 종류의 여행이라도 여행은 자신을 더 잘 이해하게 되는 과정이다. 여행 끝에서 우리는 일상에 함몰되어 잊고 있었던 자신의 모습을 발견하고 일상으로 돌아올 힘을 얻게 된다.

떠나지 않았다면 결코 일어나지 않았을 '마법의 순간' 을 만났을 뿐이다. 그런 것이다. 그런 마법 같은 순간 때문에 나는 여행을 떠나는지도 모른다. 여행의 마법에 홀려, 나는 또 다시 떠난다.

아직 달이 떠있는 새벽, 숙소를 떠나 길을 나섰다. 국경의 문은 일찍 열리고 이내 닫힌다고 했다. 푸르스름한 새벽을 걷는다. 이 길이 맞는 걸까.

"프리오? 무쵸 프리오?"

어둠 속에서 나를 향해 목소리가 들려온다.

처음 들어본 단어지만 어째서인지 나는 바로 이해한다. 네, 추워요, 무척 추워요.

내가 고개를 끄덕이고 몸을 움츠리는 시늉을 해보이자 내게 말을 건 인디오 여자가 웃었다. 등에 커다란 짐을 지고 있던 여자는 목에 두르고 있던 숄을 풀어 내게 둘러줬다.

우리는 함께 걷기 시작했다. 차박차박, 어둠 속에 발자국 소리만 울렸다. 더 할 말은 없었다. 내 몸을 감싼 숄이 부드럽고 따스했다. 더는 무섭고 춥지 않았다.

국경에서 여자와 나는 헤어졌다. 숄을 돌려주니 여자는 활짝 웃으며 손을 흔들어주고는 이내 분주한 걸음으로 국경을 넘었다.

여권에 도장을 받는 것으로 입국 심사는 끝이었다. 가슴을 졸였는데 싱겁기 짝이 없었다. 국경의 사무소를 나오자 볼리비아였다. 저만치 희미하게 동이 터오고 있었다. 어디로 가야할지 모르는 채로, 우선 뜨거운 커피를 마시고 싶다는 생각이 들었다. 운이 좋으면 일찍 문을 연 식당에서 따뜻한 아침을 먹을 수도 있을 것이다. 해가 떠오르는 방향으로, 나는 걷기 시작했다.

주저하는 토스트

주저하는 토스트

—
인도
india

가장 기억에 남는 아침 식사는 인도의 기차역에서 먹었던 아침이다.

밤새 기차를 타고 이른 새벽, 자이푸르 역에 도착했다. 침대칸을 예약하긴 했지만 거의 뜬눈으로 밤을 보냈다. 일반 좌석을 산 가족의 어린 딸이 내 발치에 앉아 있다가 잠이 들어버렸고 어느 틈에 여자아이의 오빠까지 슬금슬금 올라와 자리를 턱 차지한 덕분에 나는 침대 머리맡에 새우처럼 구부리고 앉아 졸다 깨다 했다. 여러모로 고단한 밤이었다.

무거운 배낭을 짊어지고 동행인과 함께 기차에서 내렸다. 내가 언니라고 불렀던 동행인은 여행 중에 만나 친해져서 쭉 함께였다. 언니의 상태도 나와 별다르지 않았다. 언니 자리는 내 침대칸 아래였는데 일반 좌석을 산 가족의 할머니와 쭉 함께 앉아왔다. 아니, 할머니는 눕고 언니는 간신히 엉덩이만 붙이고 왔다.

우선 눈에 띄는 벤치에 앉았다. 밤새 잔뜩 웅크리고 있던 다리는 내 다리가 아닌 것 같았다. 말할 기운도 없었다. 뭘 보거나 구경하고 싶지도 않고 더는 여행하고 싶지도 않았다. 긴 여행의 막바지였다. 깨끗한 호텔에 들어가 더운 물에 샤워를 하고 푹 자고 싶었다. 쉬운 일은 아닐 것 같았다. 인도에서는 모든 것이 가능한 동시에 많은 것이 불가능했다. 여러모로 피로했다. 그때 냄새가 풍겼다. 맛있는 냄새였다. 아무것도 하고 싶지 않다고 1초 전까지 깊은 절망에 빠졌었는데 냄새를 맡으니 주책맞게 먹고 싶어졌다. 다리는 이미 움직이고 있었다.

선로 바로 옆에 작은 리어카가 있었고 냄새는 그곳에서 풍겨왔다. 커다란 솥뚜껑 같은 놋쇠 판 위에서 지글지글 달걀과 식빵이 부쳐지고 있었다. 손가락을 두 개 들어 보이자 달걀을 부치던 상인도 손가락을 두 개 들어 보이더니 씩 웃었다. 상인은 달궈진 팬에 기름을 촥 붓더니 달걀을 톡 깨뜨려 유연한 손목 스냅으로 휘휘 저어 딱 좋을 정도의 부드러운 스크램블을 완성했고 그 틈에 식빵도

양면으로 노릇노릇 구워 순식간에 토스트를 만들어냈다. 저건 틀림없이 맛이 좋다. 보기만 해도 알 수 있었다.

자, 기대하시라. 상인은 회심의 미소를 띠고 완성된 토스트를 뒤집개로 들어올렸다. 그러더니 토스트를 신문지에 턱 올려 둘둘 쌌다. 그 신문지로 말하면 발행된 지 30년은 족히 되어 보였다. 누렇게 변해서 손 대는 것조차 꺼려지는 신문지, 종이에 찍힌 30년 전의 잉크와 먼지와 때, 기타 등등의 것들이 토스트를 감싸고 있었다. 상인은 토스트를 내민 채 미소 지었다. 신문지에 기름이 차츰 번져갔다. 나는 살짝 언니의 얼굴을 살폈다. 나와 똑같이 당혹스러운 표정이었다. 내가 안 먹으면 언니도 먹지 못할 것이다.

나는 기름에 전 신문지를 벗겨 토스트를 한입 베어 먹었다. 내가 먹는 걸 보더니 언니도 토스트를 먹기 시작했다. 짜이도 한 잔 사서 마셨다. 잔이 깨끗한가는 굳이 확인하지 않았다. 어쨌거나 맛있는 토스트였다. 우리는 왠지 모르지만 웃으며 토스트를 먹고 짜이를 마시고 또 웃었다.

인도를 생각하면 수많은 것이 떠오르지만 달걀 토스트를 보면 불쑥 새벽의 기차역이 떠오른다.

단체 여행을 몇 번 한 적 있다. 혼자서는 가지 못하는 곳이라 투어에 참가하기도 하고 여의치 못한 사정으로 관광버스에 올라타기도 했다.

한번은 추석 연휴에 홍콩 단체 관광 팀에 끼었다. 그때 나는 잡지사에 다니고 있었고(2년차 막내 기자였다) 마감 때문에 당연히 추석에 쉬지 못하리라 생각했는데 추석 당일을 포함해 사흘간의 휴가가 갑자기 주어졌다(진작 알려 주시지!). 나와 비슷한 처지의 친구가 그럼, 우리 가까운 데로 여행이나 다녀올래? 하고 제안했다. 친구는 방송국 기자(신참이었던 친구는 지금도 같은 직장에 다니고 직급이 높아졌다)라 매일매일 마감을 하는 처지였다. 나도 한 달 기약의 마감에 대려면 매일매일 종종걸음 쳐야 하는 하루살이, 그야말로 하루살이 인생이었다. 갑작스런 계획이라 출발을 코앞에 두고 겨우 남은 두 자리의 홍콩 단체 여행을 예약했다. 졸업 이후 난생 처음 단체 관광이란 걸 얼렁뚱땅 떠나게 됐다.

공항에서부터 인솔자의 깃발 아래 움직였는지, 그런 건 잘 기억나지 않는다. 아마 그랬을 것이다. 겨우 완성한 원고를 넘기고 사무실에서 퇴근한 지 불과 몇 시간 만에 공항에 도착한 터였다. 정신없이 쑤셔 넣은 가방 안에 뭐가 들었는지도 모르겠고, 그나마 여권 챙겨온 게 어디야, 싶었다. 여행을 시작하지도 않았는데 이미 몹시 피로했다. 여행에 대한 기대는 별로 없었다. 어디여도 상관없었다. 홍콩이든 혹성이든, 마감이 없는 곳이라면 어디든 좋았다. 확실한 건 그때 내가 몹시 도망치고 싶었다는 것이다. 비행기 좌석에 앉자마자 깊은 잠에 빠졌다.

첫 관광지가 빅토리아피크였나, 침사추이였나. 그런 건 전혀 기억나지 않는다. 또렷하게 기억나는 건 관광버스에 앉아있던 스무 명 남짓한 일행들의 뒤통수다. 우리 일행은 모두 여자였다. 나이는 이십대 중반부터 삼십대 중반까지, 대개 직장인이었고 마치 짜기라도 하듯 모두 미혼이었다. 우리는 모두 도망친 것이다. 명절이라고 모인 친척들의 남자 없어? 결혼 계획 없어? 애 낳을 생각 없는 거야? 의 무차별 공격에서 도망친 전우들인 것이다. 네, 없어요, 없어. 남자 없고 계획 없고 생각도 없어요. 우리는 계획도, 생각도 할 겨를 없이 하루하루 겨우 버티는 하루살이랍니다.

단체 관광은 의외로 재밌었다. 스케줄을 짜거나 고민할 필요 없으니 편했다. 정해진 시간에 정해진 장소에 데려다주고 정해진 식당에서 밥을 먹었다. 스무 명 남짓한 여자들 사이에서 유일한 남자(운전기사님도 남자이긴 했지만)라는 사실에 사뭇 들뜬 것 같던 가이드는 실없는 농담에 별로 웃지 않고 은근한 음담패설에 냉담한 여행객들 앞에서 차츰 말수가 적어지더니 방문할 장소 소개와 방문 소요 시간만 딱 안내하는 참으로 바람직한 가이드로 거듭났다. 우리 전우들은 서로에게 관심 두지 않고 간섭하지도 않고 마주치면 살짝 미소를 짓고 간혹 세일 정보를 귀띔해줄 뿐, 사흘간의 여행은 매우 매끄러웠다. 친구와 나는 관광버스 안에서 열심히 졸다가 목적지에 도착하면 사진을 몇 장 찍고 그나마도 나중에는 귀찮아서 그만두고 호텔 방으로 돌아와 침대에 눕자마자 깊은 잠에 빠졌다. 뭘 했는지는 잘 기억나지 않지만 제법 즐거웠던 것 같은 기분이 든다. 잠 하나는 잘 잤다는 건 기억한다. 밤 비행기를 타고 이른 아침에 공항에 도착한 우리는 서로에게 빠이빠이를 하고 캐리어를 끌고 각자의 직장으로 출근했다.

그 뒤로 그 친구와 몇 번 더 여행을 했다. 단체 여행보다는 둘이 하는 여행 쪽이 확실히 더 좋았다. 논리와 직관을 겸비했으며 통찰력과 통솔력, 포용력, 친화력 및 기타 등등을 갖추었고 무엇보다 빠릿빠릿해서 어느 모로 보나 나와는 정 반대인 친구에게 오랫동안 궁금했던 것을 물은 적 있다. 왜 나랑 여행하느냐고.(친구는 나 말고 다른 친구가 없지도 않은 것 같았다.)

그러자 친구는 뭐 그런 걸 묻느냐는 표정으로 대답했다.

"그냥. 너랑 다니면 재밌어. 넌 내가 못 보는 걸 보더라."

친구의 말에, 나는 그냥 좋아서 웃었다.

우리는 여전히 하루하루 견디며 살고 있고, 그럴 수 없다는 것을
알면서도 하루하루에서 벗어나 도망칠 기회를 모색한다. 내 하루
하루에는 좀처럼 없는 빛나는 순간. 그것을 만나러 우리는 기꺼이
여행을 떠난다.

한 달 정도의 인도 여행도 단체 여행으로 다녀왔다. 여행사의 방침은 좀 독특했다.

여행사에서 처리해주는 건 항공권과 여행자 보험뿐이고 나머지, 그러니까 현지에서의 숙박과 식사, 이동 등은 각자 알아서 할 것. 인솔자가 있긴 하지만 가이드는 아니고 조언을 해줄 수 있는 동행자 정도의 개념. 여행 루트가 짜여 있긴 하지만 반드시 따를 필요는 없고 일행과 헤어져 개인 여행하는 것을 적극 권장하는 편임. 항공권은 오픈티켓이므로 언제든 여행을 그만둘 수도 있고 연장할 수도 있음. 함께 출발하긴 하지만 함께 돌아올 필요 없음 등등. 언젠가 한번은 인도에 가보고 싶다고 생각했지만 엄두가 나지 않았는데 단체 여행이면서도 단체 여행 같지 않은 여행사의 방침이 굉장히 매력적으로 들렸다. 무엇보다 모든 것을 개인의 선택에 맡긴다는 부분이 마음에 들었다. 그러니까 올 선택 관광, 노 옵션 단체 여행인 셈이었다.

인도로 함께 떠난 일행은 열 명 정도였다. 휴학 중인 대학생부터 프리랜서와 이직을 앞둔 직장인과 대책 없이 회사를 때려치운 백수(나였다), 애들 웬만큼 키워놓은 주부 등, 구성원은 연령도 하는 일도 다채로웠다. 가장 눈에 띄는 이는 60대 부부였는데 그 남편이 일행 중 유일한 남자였다. 어색하게 배낭을 메고 있는 부부의 손에는 면세점 봉투가 가득 들려 있었다. 일행은 부부를 사장님과 사모님으로 불렀다. 부부가 시장에서 큰 의류 도매상을 한다고 했기 때문이다.

사장님은 화통하고 분위기 메이커였다(사장님의 자기소개에 의하면 그렇다). 여행 첫날부터 사장님은 면세점에서 구입한 위스키를 아낌없이 풀고 이야기보따리도 풀었다. 숙소 옥상에 누워 별을 구경하던 일행들은 일어나 앉아 아저씨의 굴곡 많은 인생 스토리를 들었다. 고생 끝에 자수성가하여 돈은 벌만큼 벌었고 자식들도 다 잘 먹이고 가르쳤으니 틈나면 내외가 여행하는 게 낙이라는 사장님은 나이 들면 와이프만큼 좋은 친구가 없다며 옆에 앉은 사모님의 손을 지그시 잡았다. 두 분 멋지시네요, 행복해 보이세요, 같은 찬사가 웅얼웅얼 쏟아졌고 사장님은 쑥스럽다는 듯이 크게 웃었다. 다들 무사히 여행 잘 하자며 분위기 메이커는 자신에게 맡기라며 사장님은 위스키를 연방 권했지만 안타깝게 일행 중에 술 즐기는 이가 없었다. 곁에 앉은 사모님은 내내 조용히 미소만 짓고 있었다. 밤이 깊어지자 하나둘 각자의 방으로 돌아갔다. 침대에 누우니 옥상에서 거나하게 취한 사장님의 노랫소리가 끊임없이 들려왔다.

각자 알아서 하라고 했지만 여행 초반에는 모두 함께 움직였다. 정해진 루트에 별 이의 없이 따랐고 대개는 일행 모두 한 숙소에 묵고 숙소에 방이 모자라면 근처 숙소에 혼자 혹은 두엇이 짝을 지어 한 방에 묵었다. 숙소는 게스트하우스부터 호텔, 기차 침대칸과 사막의 모래 위까지 다양했지만 내 룸메이트는 늘 같았다. 기차역에서 토스트를 함께 먹었던 언니였다. 언니는 오랫동안 일했던 서점을 그만둔 참이라고 했다. 엎어진 김에 쉬어간다고, 여행이나 가자 싶었어요. 일행들 앞에서 처음 자기소개를 할 때 언니는 그렇게 말했다. 그 말이 나는 좀 마음에 들었던 것 같다.

함께 여행했던 이들 대부분 그랬다. 그들은 각자의 인생 어느 지점에서 잠시 쉼표를 찍고 숨고르기를 하는 중이었다. 앞으로 무엇을 할지, 어떻게 살지 모색했지만 그 답은 명확하지 않았다. 하루하루 낯선 골목을 헤매고 길을 잃고 릭샤꾼과 흥정을 하고 기차표를 예

매하고 며칠 동안 기차를 타고 또 새로운 곳에 도착하고 하룻밤
묵을 숙소를 찾아내고 향신료 냄새 강한 음식에 익숙해지며 뜨거
운 태양 아래서 점점 검게 그을려가고 있었다. 내가 생각하던 인
도 여행과는 조금, 아니 상당히 달랐다. (명상과 요가, 깨달음과 평
정, 그런 건 어디에 있나요?) 인도는 여행이 아니라 생존, 그런 생
각마저 들었다. 잡념이 끼어들 틈도 없었다. 그게 이상하게도 나쁘
지만은 않았다. 마치 마라톤을 마친 뒤에 느낄 듯싶은(마라톤을
해본 적은 없다) 기분 좋은 피로와 후련함 같은 것이 매일 하루의
끝자락에 찾아왔다.

인도에 가기 전에 인도에 대해 들었던 수많은 말 중에 이런 얘기
가 있었다.

인도에 갔다 온 사람은 둘 중 하나가 된다. 인도를 죽도록 싫어하
는 사람과 인도를 죽도록 좋아하게 되는 사람.

입에 맞지 않는 음식과 허름한 숙소, 낯선 상황들. 이 모든 것보다 힘든 건 이런 상황 자체를 받아들이지 못하는 것이다. 난 깨끗하고 시원한 물을 찾아왔는데 왜 숲에 있는 거죠? 라고 파닥거리는 가련한 물고기처럼. 그건 애초에 길을 잘못 들었기 때문이죠. 하지만 지금이라도 숲에 적응해 보는 건 어때요? 숲도 정말 아름답잖아요. 하지만 그게 통하지 않을 수도 있다. 아무래도 물고기니까.

사장님은 영 이해할 수 없었다. 이놈의 나라는 이것저것 안 되는 게 너무 많았다. 게다가 돈으로도 안 되는 게 있다니 미칠 노릇이었다. 돈은 상관없으니 최고급 호텔과 한식당을 대령하라고 요구했지만 우리 일행의 루트에는 최고급 호텔과 한식당은 눈 씻고 봐도 없었으며 그런 요구를 들어줄 사람도 없었다. 각자 스스로 알아서 할 것, 그게 여행 방침이었다.

사장님이 들볶을 수 있는 이는 오직 한 사람뿐이었다. 덕분에 사모님은 늘 분주했다. 요리를 할 수 있는 숙소를 고르는 게 매일의 미션이었다. 일행들이 거리의 식당에서 간단히 식사를 해결하고 숙소에서 쉬는 동안 사모님은 장을 봐서 늦은 밤, 익숙지 않은 부엌에서 집에서 바리바리 싸들고 온 된장, 고추장으로 찌개를 끓이고 제육볶음을 하고 땀을 뻘뻘 흘리며 닭을 고아댔다. 주방을 쓸 수 없는 숙소에서는 커피포트를 빌려 라면을 끓이고 라면이 떨어지자 달걀을 삶았다. 사장님은 삶은 달걀과 고추장에 찍은 오이를 먹었다. 고추장이 떨어지자 오이를 소금에 찍어 먹었다. 하루하루 살이 빠지는 게 확연히 보였다. 더는 술을 먹자고 하지도 않고 노래를 부르지도 않았다. 호탕하던 웃음소리는 사라지고 말도 거의 하지 않았다. 그나마도 잘 볼 수 없게 됐다. 사장님은 숙소에만 틀어박혀서 아무 데도 가지 않았다. 사모님 역시 달라졌다. 하루하루 표정이 밝아졌다. 잘 웃고 말이 많아졌다. 시장에 다녀오겠다며 남편을 숙소에 두고 나와 우리와 어울려 다녔다. 사모님은 모든 것을 신기해하고 즐거워했다.

"여행 가도 만날 한식당에 가서 김치찌개나 먹었는데 내가 이런 걸 다 먹어 보네."

사모님이 거침없이 손으로 커리와 밥을 쥐어 먹으며 웃었다.

우리 아저씨는 술 좋아하고 사람 좋아해서 장사는 나 혼자 해요. 쉬는 날도 없이 매일 새벽에 혼자 문 열고 혼자 문 닫고 집에 간다고 쉴 수 있나, 살림해야지. 나는 여행이고 뭐고 다 싫고 잠이나 실컷 자는 게 소원인데, 안 간다고 해도 그렇게 날 데려가. 우리 아저씨는 가방 쌀 줄도 모르고 양말 빨 줄도 모르고 아침에 호텔 뷔페도 내가 떠다줘야 먹어. 그런데 이번 여행은 너무 재미있어. 아저씨 없이 혼자 다니니까 너무 좋아. 그렇게 말하고 사모님이 까르르 웃었다. 아저씨가 젊었을 때부터 줄곧 외도를 해왔고 외도로 낳아 집에 데려온 아들을 사모님이 키웠다는 것까지, 사모님은 마치 재미난 이야기라도 들려주듯 하고 나더니 홀가분한 표정으로 말했다.

"나 지금 너무 시원해."

우리는 그날 사모님과 함께 맥주를 마셨다. 차가운 맥주를 몇 잔이고 시원하게 들이켰다. 사실 우리 일행은 다들 꽤 술을 잘 마셨다.

중간에 며칠 일행과 헤어져 따로 여행하기도 했지만 나는 일행과 함께 귀국했다. 일행 모두 여행 초반과는 사뭇 달라졌다. 살이 빠지고 검게 그을리고 시장에서 산 날염 블라우스나 튜닉을 걸치고 있어서만은 아니었다. 어딘가 모르게 표정이 달라져 있었다. 드라마틱한 변화는 역시 사모님이었다. 볼이 좀 홀쭉해지고 피부가 다소 거칠어지긴 했지만 눈이 반짝반짝 빛나고 생기가 넘쳐흘렀다.

사모님은 꼭 다시 만나자며 모두를 한 번씩 안아주었다. 작별을 서운해 하는 표정이었다. 그보다는 여행이 끝나는 것을 진심으로 아쉬워하는 것 같았다. 그런데 사장님 모습은 기억나지 않는다. 분명 사모님 옆에 딱 붙어 있었을 텐데 전혀 기억이 없다. 어쩌면 자이살메르 사막 한가운데에서 구덩이를 파서 묻어버렸는지도 모르겠다.

매일매일 다른 방에서 잠이 들고 낯선 천장을 바라보며 잠이 깬다. 매일매일 처음 가는 골목에서 손짓발짓으로 음식을 사먹는다. 매일매일 세면대에서 하루치의 손빨래를 하고 물이 또옥 똑 떨어지는 옷을 널어 말린다. 간밤에 베란다에 널어둔 티셔츠가 아침에 보니 사라지고 없다. 바람이 거둬간 것이라 생각하기로 했다. 바람 한 점 없는 날씨다. 모처럼 마음에 드는 스트라이프 티셔츠였는데, 하고 조그맣게 중얼거린다. 이제부터 옷은 방 안에서만 말리기로 다짐한다. 소 잃고 외양간 고치는 격이지만. 시장에 가서 뭐든 사 입어야겠다고 생각한다. 바람이 잘 통할 것 같은 블라우스나 튜닉 같은 것. 왜 스트라이프 티셔츠는 매년 사는 것 같은데 또 사게 되는 걸까.

알고 보니 쉼표를 찍기에 인도는 적당한 곳이 아니었다. 날마다 숨 가쁘게 스타카토의 템포로 움직여야 하는 곳이었다. 그런 와중에 도 레가토의 순간이 찾아왔다. 흐르지 않는 것 같으면서도 흐르 고, 흐르면서도 흐르지 않는 것 같은 인도의 시간에 차츰 적응해 갔다. 움직이지 않으면서 변화하는 것. 사는 게 그런 것 같다. 나 이 들어가는 것도 그럴 것 같다. 삶의 태도를 바꾸는 것도 아마 그 럴 것이다.

고요한 사막에 어둠이 내리자, 검은 밤에 은빛 실로 짠 촘촘한 그물이 가득 펼쳐졌고 어느 순간 밤을 가로질러 길게 별이 하나 떨어지더니 하얀 유성우가 폭포수처럼 쏟아져 내렸다. 별이 떨어진 사막은 희미하게 빛나고 부드러운 모래는 소리 없이 흘러내렸다.

바다 위의 식탁

바다 위의 식탁

발틱해
baltic Sea

오늘 밤 묵을 곳은 바다 위, 작은 방이다.

잠들 수 있을까 하고 창밖을 내다본다. 바다와 하늘의 경계는 순식간에 사라지고 창밖은 어둠뿐이다. 배에서 밤을 보내는 건 처음이다. 배가 움직이는 느낌은 전혀 없다. 침대에서 뒤척이는 건 쓸모없는 걱정뿐. 우리는 평생 집착하는 것에서 벗어나고자 하지만 결국은 아무것도 떨쳐내지 못하고 만다. 하지만 절대 잊지 말아야 할 것도 있을 것이다.

사소한 기억들이 우연한 방문객처럼 나의 밤을 두드리고 있다.

파도 소리가 들리는 꿈을 꿨다고 생각했는데 창문 너머 푸른 바다가 넘실대고 있었다.

오늘 아침 식사는 바다 위에서. 북유럽의 조식 뷔페에는 어김없이 연어와 청어절임이 곁들여진다.

사우나의 밤, 무민의 아침

사우나의 밤, 무민의 아침

—

헬싱키
helsinki

헬싱키에서 며칠 묵을 집을 빌렸다. 볕이 잘 들고 사방이 흰색인 아름다운 아파트는 빈티지숍과 작고 근사한 카페가 많은 거리에 있었다. 집주인 수비는 근처 마트 위치와 괜찮은 식당과 카페 몇 곳을 다정하게 일러주었다. 언젠가 주거와 젠트리피케이션에 관한 다큐멘터리를 보는데 이런 말이 나왔다. '동네를 떠나야 한다는 사인은 이웃에 빈티지숍이 생길 때다. 빈티지숍이 생긴다는 건 감각은 넘치고 가난한 젊은이들이 모여들 거라는 신호고 그렇게 조성된 근사한 거리의 집세와 건물 임대료는 천정부지로 오르게 된다. 그 결과 감각 있고 가난한 젊은이들은 거리를 떠나야만 한다.'

창 아래 거리에는 이따금 노면전차가 지나다니고 길 건너로 수비
가 말한 빵집과 카페와 식당이 이웃해 있었다. 눈을 드니 멀리 호
수와 호수를 둘러싼 하얀 자작나무가 보였다. 변하지 않고 그대로
있어주었으면 하는 풍경이었다.

수비의 부엌 찬장에는 무민 컵과 아라비아와 이딸라의 그릇이 가
득했다. 쉽게 볼 수 없는 빈티지 그릇까지 있어서 절로 탄성이 나
왔다. 예쁜 그릇을 다 써보자고 날마다 다른 그릇을 꺼내 아침을
차려 먹었다. 매일매일 즐거웠다.

예전에 한 고등학교에서 강연을 한 적 있다. 학생들에게 종이를 나누어 주고 꼭 하고 싶은 일, 그러니까 버킷리스트를 딱 세 개만 적어보라고 해봤다. 그게 뭐라고, 의외로 아이들은 진지한 얼굴로 신중히 고민한 끝에 하나하나 써내려갔다. 그중 한 고3 여학생의 리스트가 흥미로웠다. 첫 번째는 자취, 두 번째는 자취 생활을 유지할 돈 벌기, 세 번째는 여행이었다. 첫 번째 자취에는 몇 가지 부수적인 희망 사항이 따랐는데, 그것은 고양이 기르기와 예쁜 그릇에 밥 차려 먹기 등이었다. 설명을 듣고 보니 여학생의 리스트가 더욱 마음에 들었다. 아마도 그 여학생은 자신이 원하는 삶을 살기 위해 그 방향으로 한 걸음 한 걸음 뚜벅뚜벅 걸어갈 것이다.

그리고 언젠가는 혼자만의 방에서 자신만을 위해 예쁜 그릇에 정성들여 차려낸 음식을 먹고 맥주도 한잔 느긋이 마시며 고양이의 배를 살짝 쓰다듬다가 밤늦게까지 여행하고 싶은 곳에 관한 책을 읽을 것이다.

꼭 그랬으면 좋겠다.

슬쩍 물어보니 여학생은 고양이는 다 귀엽지만 유독 고등어 태비에 끌린다고 했다. 안목 있는 길 고양이에게 집사로 간택되는 여학생의 모습을 상상하는 것만으로 기분이 좋아졌다. 강연은 에너지 소모가 커서 되도록 하지 않고 글이나 쓰고 싶다고 생각하다가도 아이들을 만나고 오면 뭔가 써보고 싶은 생각이 든다. 일인분의 공간과 여행, 고양이 모양의 위로 같은 것들을.

밤이 되자 꽤 쌀쌀해졌다. 수비의 다정한 당부가 떠오른다.

사우나를 꼭 해봐요, 피로가 확 풀릴 거예요.

수건과 욕실 가운, 혹시 몰라 휴대용 샴푸와 클렌저를 챙겨 슬리
퍼를 끌고 안마당을 가로질렀다. 세 채의 건물이 에워싸고 있는 작
은 안마당을 몇 걸음 걸으면 바로 사우나가 있었다. 숙소에 이웃
한 사우나는 알고 보니 역사가 오래된, 헬싱키 사람들은 다 안다
는 유명한 곳이었다. 사우나 입구에서 가운 차림으로 벌겋게 달아
오른 얼굴로 후후 입김을 내뿜으며 한창 수다 중이던 아저씨들이
웰컴, 웰컴 하며 문을 열어주었다. 살짝 긴장했는데 그 다음부터
는 우리나라 목욕탕과 똑같았다. 요금을 받는 작은 창구, 우유와
생수병이 들어있는 냉장고, 손목에 끼울 수 있는 락커 키와 샤워
장에 놓인 대용량 샴푸와 클렌저. 샤워를 간단히 하고 사우나실로
들어가자 안은 수증기로 가득했다. 희미하게 나무 냄새가 풍겼다.
자작나무 가지로 이따금 몸을 두드리며 이야기를 소곤소곤 나누
거나 길게 몸을 누이고 땀을 빼는 여자들 사이에 자리를 잡고 앉
았다. 금세 몸이 훈훈해지고 노곤해졌다. 캐나다에서 왔다는 여행
자는 물을 뿌려도 되냐고 묻더니 호기롭게 화덕에 물을 뿌려 증기
천국을 만들어놓고 십 초 만에 항복 선언하고 도망치듯 사우나실
에서 나갔다. 나는 아직 견딜만하다. 차가운 식혜가 간절할 뿐이다.
후끈해진 몸으로 사우나에서 나와 안마당을 가로질러 숙소로 돌
아오자마자 냉장고 문을 열었다. 사우나 후엔 역시 차가운 맥주다.

어릴 때 토펠리우스의 동화를 좋아했다. 지금도 종종 토펠리우스의 동화책을 꺼내 읽어보는 밤이 있다. 토펠리우스의 동화는 어쩐지 밤에 어울린다. 까만 밤에 혼자인 어린 소녀가 그려진 표지에 <별의 눈동자>라는 제목이 쓰여 있다. 내게 핀란드는 별과 눈과 자작나무의 나라였다. 무언지 알 수 없는 신비로 가득한 곳이었다. 그런 이야기를 쓰고 싶었는지도 모르겠다. 무언지 모르게 신비롭고 고독하면서도 아름다운 이야기.

빙하 맛의 사과

빙하 맛의 사과

―

노르웨이
norway

어둑한 새벽에 기차를 타고 다시 기차를 갈아타고 배를 타고 버스를 타고 피오르드를 보러 갔다. 이런 풍경을 보러 여기까지 왔구나, 하는 생각이 들었다. 문득 기시감이 든다. 그건 아마도 내가 오랫동안 마음속에 품어온 장면이기 때문일 것이다. 차창으로 풍경이 영화처럼 흐른다. 상상과 몽상이 가득한 아름답고도 어쩐지 슬퍼지는 영화.

부연 안개가 산을 타고 올라가자 숨어있던 햇살이 단숨에 비탈길을 달려 내려와 나른한 고양이처럼 기지개를 쭉 펴고 앉는다. 풀밭은 생생하게 초록색을 내뿜고 투명한 빛을 품은 대기는 조용히 반짝인다.

작은 섬에 하룻밤 묵었다. 숙소 주변에는 사과나무가 가득 서있고 물기 어린 잔디 위로 사과가 떨어져 있었다. 땅에 떨어진 건 먹어도 된다고 숙소의 직원이 말했다. 덜 여문 사과는 정신이 번쩍 나도록 새콤했지만 아삭, 하고 상쾌한 맛이 났다. 빙하의 맛일 것이다. 창밖으로 피오르드가 보였다.

사람들은 모두 배 위로 나와 눈앞의 풍경과 마주하고 있었다. 바다는 고요했지만 엄청난 힘이 잠재되어 있는 것이 느껴졌다. 다가왔다 멀리 사라져가는 빙하의 흔적, 웅장한 산과 협곡, 해안가에 장난감 집처럼 서있는 붉은 지붕의 집들. 공기가 놀랍도록 투명하다.

한참동안 아무도 말이 없었다. 하늘은 차갑고 푸르다.

눈앞에 두고도 믿지 못할 풍경을 조용히 응시한다. 세상에는 얼마나 아름다운 것들이 있을까. 대부분의 것들을 보지 못한 채로 나는 살아갈 것이다.

시나몬 시리얼과 바닐라 요거트

시나몬 시리얼과 바닐라 요거트

—
스웨덴
sweden

가능하면 많은 것을 보고 싶었으므로 늘 새로운 여행지를 모색했다. 지금보다 젊었을 때 이야기다. 지금은 마음에 들었던 곳에 다시 가서 좋았던 것을 천천히 느껴보고 싶다.

여름휴가에 스웨덴에 간다고 했더니 지인이 물었다.

"또요? 스웨덴이 왜 좋으세요?"

"글쎄요."

일단 애매한 웃음을 지어 보인 뒤 나름 머릿속으로 부지런히 생각해보았다. 스웨덴이 왜 좋은가. 아름다운 숲과 호수, 자연을 닮은 느긋한 사람들, 이방인에 대한 적개심이 적고 안전한 도시, 청량한 공기와 햇살. 언뜻 생각해봐도 다시 가야할 이유가 많았지만 그쯤은 스웨덴 아닌 다른 곳에서도 얼마든지 찾을 수 있는 것들이 아닌가 싶긴 했다. 고심 끝에 대답했다.

"아무것도 할 일이 없어서 좋은 것 같아요."

내 대답에 지인은 묘한 표정을 지었다. 알 것 같기도 하고 모를 것 같기도 하다는 얼굴이었다.

몇 년 전 작가 레지던스 프로그램으로 석 달간 스웨덴에 머문 적 있었다. 제법 오랫동안 머물렀기에 당분간은 갈 일 없겠지 싶었는데 생각보다 빨리 다시 찾게 되었다. 여권, 카메라와 필름, 한여름에도 아침저녁으로는 쌀쌀한 날씨에 대비한 긴 소매 티셔츠와 재킷을 챙기는 것으로 짐 싸기는 대충 마쳤다. 전부는 아니지만 조금은 아는 도시에 가는 탓인지 불안함보다는 느긋한 마음이었다. 그래도 어김없이 여행 전날에는 잠을 설쳤다. 나는 여행 쫄보라 여행 전날 거의 잠을 자지 못한다. 비행기를 놓치거나 항공권 예약이 잘못됐거나 여권을 빠뜨리거나 내 짐이 검색대를 통과하지 못하는 것까지 다양한 상상을 하느라 불안에 떨기 때문이다. ― 다행히 아직 그런 일은 한 번도 없었다.

스톡홀름은 며칠을 들여 보아야할 으리으리한 궁전이나 박물관, 미술관이 있는 것도 아니고 대규모 쇼핑몰이 있는 것도 아닌, 참으로 심심한 도시다. '스톡홀름 관광은 한나절이면 충분하니 잠시 들르는 기분으로다 다음 도시로 넘어가시죠' 하는 글들을 블로그에서 심심찮게 봤다. 참으로 여행의 달인들이다. 그러니 '아무것도 할 일 없어 좋은 곳'이라는 내 말이 아예 허튼 소리는 아니다. 하지만 다시 가보고 싶은 곳들을 꼽다보니 열흘 넘는 여행 일정이 빠듯할 정도였다.

무엇을 했는가 하고 떠올려보면 딱히 무엇을 했는지 어렴풋하다. 호텔 앞의 호숫가에서 오리 떼에게 빵 부스러기를 던져주기도 했고 끝없이 잔디가 펼쳐진 공원을 산책하다 귀여운 아이스크림 가게에서 캬라멜 맛의 젤라또를 사먹었고 침엽수가 이어진 숲속을 걸으며 독버섯을 발견하고 정말 예쁘다, 먹으면 죽나, 얼마나 먹으면 죽을까, 하는 말들을 나누다 집에서 만들어온 샌드위치를 점심으로 먹기도 했고 호숫가 여름 집에서 묵으며 창으로 스며드는 아침 햇살과 새소리에 잠이 깼다. 아무것도 하지 않고도 충만했던 하루하루, 그것이 내가 스웨덴에서 보냈던 날들이다.

이상하리만치 날이 좋았다. 들판의 꽃은 여름의 싱그러움을 담담히 내뿜었고 호숫가 작은 여름 별장 지붕 위로 뭉게구름이 피어올랐다. 눈부시도록 찬란한 빛을 거두며 짧은 인디언서머가 끝나자 깊은 숲속에서 가을이 성큼성큼 걸어 나왔다.

그리고 어느 날, 눈을 떠보니 바깥세상이 완전히 변해 있었다. 깊은 산속에 사는 요정들이 내려와 세상을 온통 하얗게 칠해놓은 게 분명했다. 하룻밤 사이 계절이 바뀌었다. 창문을 열자 차갑고 푸른 공기가 밀려들었다. 담요를 두르고 주방으로 가서 가스 불을 켜고 주전자를 올린다. 우선은 뜨거운 커피를. 전날 먹고 남은 수프를 데워 조금 굳어진 빵과 천천히 먹고 나서 외투를 입고 목도리를 한 뒤 하얀 세상으로 산책 나가고 싶다. 이따금 창밖으로 눈 구경을 하며 하루 종일 틀어박혀 글을 쓰고 싶기도 하다. 뭔가 신비롭고 근사한 것을 쓸 수 있으면 좋겠다.

북유럽의 겨울밤은 길고 깊었다. 침엽수의 숲을 고요히 비추는 달과 물고기의 지느러미 같은 별들이 작은 목소리로 밤의 이야기를 들려주었다.

스웨덴에서 다시 먹어보고 싶은 것으로 동생은 프린세스케이크를 꼽았다. 거기에 나는 카네불레를 더했다. 그리고 링곤베리잼과 감자를 곁들인 미트볼과 버터를 한 덩이 올린 피시수프, 바닐라소스를 얹은 애플파이. 하지만 내가 제일 먹고 싶은 건 따로 있었다. 시나몬 향의 시리얼과 바닐라 맛 요거트. 매일 눈뜨자마자 먹었던 아침이었다. 커다란 볼에 바닐라 맛 요거트를 가득 부어 시나몬 향 시리얼을 듬뿍 올려 먹었다. 여기에 링곤베리잼이나 블루베리 혹은 견과류를 곁들이기도 했다.

숙소에 도착하자마자 짐을 풀 새도 없이 마트로 달려갔다. 좋아하던 요거트는 금방 찾았다. 건포도가 들어있는 시나몬 향 그래놀라를 즐겨 먹었는데 똑같은 제품은 찾을 수 없어 비슷한 것을 골랐다. 그리고 잼과 치즈, 햄과 빵에 과일과 채소 등을 잔뜩 사서 숙소로 돌아왔다. 한동안 빌린 집에서 매일 커피를 내리고 빵을 구워 간소하지만 든든한 아침을 먹을 것이다. 물론 시나몬 향 시리얼을 듬뿍 올린 바닐라 맛 요거트도 먹을 것이다. 그것을 생각하는 것만으로도 웃음이 난다. 생각해보면 여행 후에 문득 생각나는 것들은 으리으리한 궁전이나 박물관보다는 아주 사소하고 극히 사적인 것들이다.

다시 꼭 가봐야지 하고 꼽았던 곳 중 하나는 박스홀름이다. 주말의
섬이라고 불리는 작고 아름다운 곳. 맛있었던 식당에 가서 점심을
먹고 좋았던 카페에 가서 바다를 바라보며 앉아 하루를 보냈다. 예
쁜 가게에 들러 그릇을 구경하다 가장자리가 섬세하게 장식된 흰
접시를 고르고 수프나 시리얼을 담아 먹기 딱 좋은 볼도 발견했다.
그릇을 포장하는 직원의 솜씨가 영 서툴렀다. 몹시 허둥대던 직원
이 뻘쭘하게 웃으며 말했다.

"미안해요. 오늘이 여기 온 첫날이라 정신이 하나도 없네요."

"괜찮아요. 우리도 여기 처음인걸요."

내 대답에 직원의 얼굴이 환해지며 활짝 웃음을 지었다.

유럽을 여행하고 있냐는 질문에 스웨덴에서만 지내다 돌아갈 거라고 하자 직원의 눈이 동그래지더니 기쁜 듯이 미소짓는다. 엉성하게 포장된 접시와 볼을 들고 나오는데 어째 슬며시 웃음이 났다. 좋은 여행을 비는 인사를 덤으로 얻었다.

스웨덴에서 아침마다 먹던 시나몬 향 시리얼을 한 상자 사서 트렁
크에 넣어 집으로 돌아왔다. 문득 스웨덴이 그리워지는 날, 찬장에
서 상자를 꺼낼 것이다. 그릇장에서 여름의 섬에서 산 나무 볼도

꺼낼 것이다. 마당의 사과나무가 보이는 창으로 푸른빛이 스며들
던 여행의 아침을 떠올리며 시나몬 향이 나는 시리얼을 사각사각
먹게 될 언젠가의 아침을 나는 기다린다.

하늘 위, 구름 속에서 마지막 여행의 아침을 먹는다. 따뜻하게 데운 접시에 담긴 음식을 먹고 커피를 마시며 서서히 잠에서 깨어난다. 좋은 꿈이었어, 하고 생각하듯, 좋은 여행이었어, 하고 조그맣게 중얼거리는 아침. 이제 집으로 돌아간다.

빙하 맛의 사과

여행자의 조식

ⓒ최상희 2019

2쇄 2021년 07월 17일

지은이	최상희
디자인하고 펴낸이	최민
펴낸곳	해변에서랄랄라
출판등록	2015년 7월 27일 제406-2015-000098호
주소	경기도 파주시 가온로 205
문의	031-946-0320(전화), 031-946-0321(팩스)
전자우편	lalalabeach@naver.com
블로그	blog.naver.com/lalalabeach
인스타그램	@lalalabeach_
ISBN	9791195592395(03810)